光文社文庫

仮面兵団

アルスラーン戦記⑧

田中芳樹

目次

第一章　新旧の敵　7
第二章　狩猟祭（ハルナーク）　49
第三章　野心家たちの煉獄（れんごく）　93
第四章　王都の秋　137
第五章　仮面兵団　187

解説　海野（うみの）　碧（あお）　242

主要登場人物

アルスラーン……パルス王国の若き国王(シャーオ)
アンドラゴラス三世……先代のパルス国王。故人
タハミーネ……アンドラゴラス三世の王妃
ダリューン……パルスの武将。異称「戦士のなかの戦士(マルダーンフ・マルダーン)」
ナルサス……パルスの宮廷画家にして軍師。元ダイラム領主
ギーヴ……あるときはパルスの廷臣、あるときは旅の楽士
ファランギース……パルスの女神官(カーヒーナ)にして巡検使(アムル)
エラム……アルスラーンの近臣
キシュワード……パルスの大将軍(エーラーン)。「双刀将軍(ターヒール)」の異称をもつ
告死天使(アズライール)……キシュワードの飼っている鷹(シャヒーン)
クバード……パルスの武将。片目の偉丈夫(いじょうふ)
ルーシャン……パルスの宰相(フラマータール)
イスファーン……パルスの武将。異称「狼に育てられた者(ファルハーディン)」
トゥース……パルスの武将。鉄鎖術の達人

ザラーヴァント……王都の警備隊長。強力の持ち主

ジャスワント……シンドゥラ国出身のパルスの武将

ジムサ……トゥラーン国出身のパルスの武将

グラーゼ……パルスの武将。海上商人

アルフリード……ゾット族の族長の娘

メルレイン……アルフリードの兄

ヒルメス……パルス旧王家の血を引く者

ラジェンドラ二世……シンドゥラ王国の国王

ギスカール……ルシタニア王国の王族

ボダン……イアルダボート教の教皇

カルハナ……チュルク王国の国王

ホサイン三世……ミスル王国の国王

右頬に傷のある男……ミスルの客将

グルガーン……魔道士

第一章　新旧の敵

I

ゆるやかに波うつ大河を暁（あかつき）の光が照らしだすと、河面は百万の鏡を並べたように輝きわたった。その光は河岸に展開する軍隊の甲冑（かっちゅう）にもはねかえり、地上はいちどきに夜の支配を脱して明るくなった。河の名はディジレ。パルス王国とミスル王国との境をなす、水量ゆたかな流れである。

パルス暦三二四年九月二十九日。国王（シャーオ）アルスラーンの十八歳の誕生日であり、三度めの即位記念日である。本来であれば王都エクバターナにおいて祭典がおこなわれ、民衆に葡萄酒（ナビード）がふるまわれ、夜を徹（てっ）して歌舞音曲（かぶおんぎょく）でにぎわうはずであった。

だが若い国王は王都を離れ、西のかたミスル王国との国境にある。

ディジレ河の東がパルス領、西がミスル領。河をはさんで両国はしばしば歴史的な戦いをまじえた。ディジレ河は大河であるわりに水深が浅く、流れもゆるやかなので、渡河（とか）が比較的、容易であった。それだけに両国は河岸に防壁や城砦（じょうさい）をつらね、相手の侵攻に備えてきたのである。かつて「双刀将軍」の異名をもつキシュワード卿は「パルスの生きた城壁」とたたえられ、ミスルは侵攻をあきらめざるをえなかった。だがこの年九月下旬、にわかにミスルは軍を発して夜半にディジレ河を渡り、パルス領内において戦闘態勢にはいったのだ。

ミスル国王ホサイン三世は三十九歳で、即位して八年になる。中背で肥満ぎみ、頭部は禿げあがり、両耳が異常なほど大きい。容姿からいえば傑出しているとはいえないが、統治者としての力量は水準以上であった。パルスがルシタニアに侵略されたとき、国境をかためて中立を守り、宮廷内の反国王派を一掃し、道路や運河や港湾を整備して経済活動をさかんにした。行政組織や裁判制度も改革し、学校も建てた。あまり戦争だの遠征だのということには関心がなく、内政につとめる型の王者だと思われていた。

それがこの年に至ってパルス相手に戦端を開いたのには、むろん理由がある。アルスラーン王の即位以来、パルスの海上交易が繁栄し、ミスルが持っていた海上の権益が害されるようになってきたこと。パルスで奴隷制度が廃止され、国際的な奴隷貿易の環が断ち切られてしまったこと。主として経済上の事情が、ミスルの軍事行動をうながしたのである。

「客人よ、おぬしのいうとおり、ディジレ河は難なく渡ることができた。礼をいうぞ。このさい何か望みがあればかなえてやろうほどに、申してみよ」

ホサイン三世は傍の男にパルス語で話しかけた。

その男は、年齢は三十歳前後であろう。陽と風と砂とにさらされた顔は浅黒く、皮膚も荒れているが、眉目そのものには貴公子の風があった。めだつのは、右の頬に残された大きな傷あとである。剣や槍の傷ではない。牙か爪で深くえぐられたような三日月形の傷であった。容貌といい表情といい、おだやかな人生とは無縁の人物であることを、誰もが納得するであろう。

ミスル国王のありがたい言葉にも、男はさして感動しなかったようである。答える声は砂漠の風のようにかわいていた。

「わが望みはパルスの僭王が滅亡するのを見る、ただその一事でござる。その他に望みとてござらぬ」

「それはわかっておるが、功績ある者に恩賞を与えるは王者としての義務。それを怠っては、吝嗇といわれよう。何でもよいから、恩賞の望みを申してみよ」

「ではお言葉に甘えて……」

「うむ？」

「パルスの宮廷画家ナルサスめの首を」

男の声は淡々としていたが、その底からどす黒い悪意の泡が噴きあがっている。ホサイン三世は興ざめしたように男を見やり、片手で顔の下半分をつかんだ。

「何やらよほど遺恨がありそうじゃな。だが、それは予の知るところではない。ナルサス卿の首が望みであれば、おぬしにそれを与えよう」

「かたじけなく存ずる」

男の両眼が暗く底光った。その眼光から、ミスル国王は視線をそらした。ミスル国王ホサイン三世はとくに高貴な人格の所有者ではなかったが、復讐心の暗い深みに引きずりこまれるのは好まなかった。彼は気をとりなおしたように姿勢をただし、左右にひかえる将軍たちのひとりに声をかけた。

「マシニッサ！」

声に応じて、赤銅色の肌をした長身の男が国王の前に進み出た。ミスル王国随一の勇名を謳われる人物で、髪も目も口髯も黒々と艶光っている。この年、二十八歳である。

「カラマンデス！」

そう呼ばれたのは、髪も髯も灰色がかった初老の将軍で、先代の国王以来、かずかずの功績をあげた宿将であった。さらに三名ほどの将軍を呼びよせて、ホサイン三世は親しく語りかけた。

「今日の会戦は、今後わが国の外交だけにとどまらず、大陸公路諸国間の力関係に、すくなからぬ影響を持つであろう。心して戦い、国の栄光とおぬしらの名誉のために武勲をたてよ」

ホサイン三世の言葉に、ミスルの将軍たちは、うやうやしい一礼をもって応じた。

「かならず国王陛下のご期待にそい申しあげる所存でございます」

「双刀将軍などと称するわがミスルの怨敵に、神々の報いをくれてやりましょう」

はやりたつ将軍たちに冷水をあびせたのは、頬に傷のある男の声であった。

「パルス軍は兵は強く、将軍は指揮能力に富んでおります。不快なれど認めざるをえない事実でござる。慢心は禁物。ことに全軍の作戦をたてるナルサスめは奇謀と深慮とを兼ねた男。くれぐれもご用心を」

「わかった、心するとしよう」

そう応じたのはカラマンデスで、若いマシニッサは不快げに男を横目でにらんだきり、うなずきさえしなかった。

ほどなくミスル全軍が前進を開始した。ミスルの軍衣は、赤と緑と黄金と、三色のとりあわせで、単調な砂漠の灰褐色と比較して、まことにはなやかである。ことに、歩兵につづいて行進する部隊は、見ただけでも圧倒的な威容であった。

「ミスルの駱駝部隊か」

頬に傷のある男はつぶやいて、砂塵のなかにつらなる人と獣の群をながめやった。

砂漠での戦闘ということになれば、パルスの騎兵部隊でさえミスルの駱駝部隊に一歩を譲るであろう。駱駝は耐久力において馬よりすぐれ、砂漠を海にたとえれば駱駝は軽舟といってよい。こまかい鎖を編んで駱駝の身に着せかければ、矢を防ぐにも有効なのであった。

一万頭の駱駝部隊が男の眼前を通過していくと、つぎは戦車部隊であった。三頭の馬が二輪の戦車をひき、三名の兵士がそれに乗る。一名は馬を馭し、一名は槍兵、一名は弓箭兵である。これが二千台。兵士も馬も全身に香油を塗っており、それに汗や皮革の匂いがまじって、何とも表現しがたい匂いをたちこめさせた。

「ミスル一国で勝てぬときは他国を誘う。奴隷制度の存続を願う国々をすべて糾合し、パルス一国を煮えたぎる破滅の大釜にたたきこんでくれるぞ」

男のつぶやきは、ミスルの国王や将軍たちには聴えなかった。戦闘を開始した時点で、ミスル軍の敗北を予期するようなことを大声で口にするのはまずい。そのていどのことは、充分に承知している男だった。

ミスル軍は整然と布陣を終えた。中央と左右両翼、それに国王の親衛隊を加えて、八万の大軍である。この四、五年、無益な戦いによって兵力を損耗することなく、今日の陣容をととのえたのであった。

パルス軍は千歩の距離をおいて布陣している。ミスル軍の見るところ、兵力は六、七万に達するかと思われたが、陣形に統一性がないように思われた。騎兵と歩兵とが無秩序に混在する感じであり、どのように戦闘をおこなうつもりか、よくわからぬ。

アルスラーン王の即位後、パルスは兵制を大きく変革したという。どのように変革したのか、ミスル軍としては、ぜひとも知りたいところであった。

ミスル軍の楽隊が太鼓を打ち鳴らした。駱駝の革をはった太鼓は、こもった音を砂漠にひびかせる。それに応じてパルスの陣営からは角笛の音がひびきわたった。そのひびきが終わりかけたとき、両軍から同時に矢の音が湧きおこる。

「前進せよ！」

戦車に乗ったカラマンデス将軍が、三日月型の刀を振りかざして叫ぶと、ミスル軍は喊声を発し、砂塵を巻きあげながら前進を開始した。迎えうつパルス軍との間に、刃鳴りと血煙が巻きおこり、激しい揉みあいがおこる。それも長くはなかった。マシニッサ将軍のひきいる駱駝隊が三日月刀を振りかざして突入し、斬りまくると、パルス軍は押されぎみとなり、後退しはじめた。

II

　ミスル軍は前進をつづけ、それに応じてパルス軍は退却する。無抵抗というわけではなく、しばしば逆撃をこころみ、槍や弓矢で応戦するのだが、それもミスル軍の鋭鋒の前には、くずれやすい土の壁でしかなかった。

　ひときわ大きな駱駝の背に黄金づくりの鞍を置き、涼しげな白紗の天蓋をかけて、ミスル国王ホサイン三世は戦況を見守っていたが、やがて味方の優勢に満足の声をあげた。

「かつてパルス軍は強かった。アンドラゴラス王の豪勇など、この世の人とも思えなんだくらいじゃ。だがどうやら、武勇の根も枯れはじめたとみえる。客人よ、おぬしはどう思う？」

「ご油断なきよう」

　男の返答は短い。ホサイン三世は苦笑ぎみに大きな両耳を慄わせた。

「そう不機嫌にならずともよかろう。おぬしの言を軽んじておるわけではないぞ。たまたま今回は事がうまく運んでおるというだけじゃ。今後、パルスを征するにあたっては、おぬしの手腕を欠くわけにいかぬて」

ホサイン三世は勝利後のことについて思案をめぐらせていた。彼はパルス全土を支配しようなどと考えてはいない。むざんに失敗したルシタニア軍のことを、ホサイン三世はよく憶えていた。要するに、海上交易と奴隷貿易について、ミスル王国の権益を強化することができればよいのである。ミスル王国の権益がそこなわれぬかぎり、パルス国内がどうなろうと知ったことではなかった。否、むしろ、パルスが分裂して秩序を失うようなことがあっては、かえってこまる。ミスルにとってつごうのよい政権が安定してほしいものであった。

夕刻まで、戦闘はミスル軍の優勢をもって終始した。パルス軍は押され押されて、一ファルサング（約五キロ）ほども東へしりぞいた。それが夕刻に至って隊列を建てなおし、ミスル軍の攻勢を受けとめ、さらに総反攻の姿勢をしめしはじめたのである。

「太陽を背にして戦うのが用兵の常道というものでございます。いまパルス軍はその禁を犯し、落日にむかって攻めかかろうとしております。機先を制し、全軍こぞってパルス軍に攻めかかり、一挙に奴らを覆滅させたく存じます」

いったん国王の前にもどって、カラマンデスとマシニッサがそう主張した。それに対し、右頬に傷のある客人が異をとなえた。

「ナルサスは詭計の名人でござる。ことさら用兵の常道にそむいて動くのは、ミスル軍を罠におとしいれようとするもの。国王陛下、何とぞご自重あって、軍をお引きくださいませ」

ホサイン三世が答えるより早く、マシニッサが口を開いた。いたけだかなほど自信に満ちて、彼は異国の男をにらみつけた。

「罠というが、このように平坦な土地で、どのように罠のしかけようがあるというのだ。伏兵を置くような谷も山蔭もないではないか。おぬし、ナルサス卿の名に恐れて、草を見てもパルス軍の槍と思うのではないか」

嘲笑をあびて、男は底光る目でマシニッサを見やったが、投げやるように応じた。

「では御意のままになされ。ただ、私がご忠告申しあげたことを、お忘れなきよう願います」

「うむ、おぼえておこう」

不快げにうなずくと、カラマンデスは年少の同僚をうながして、ふたたび陣頭へと出ていった。国王ホサイン三世は、やや決断しかねる表情で戦場をながめやった。彼は国内を統治するほどには、戦場で武略をふるう自信がなかったので、このようなときには将軍たちを信頼して、彼らに万事をゆだねる。ただ、頬に傷のある客人の声が、不吉にひびいたのも事実であった。ホサイン三世はひとつ首を振って不安を追い払った。結局、将軍たちの戦意を優先することにしたのだ。

「突撃！」「突撃！」

ミスル語の号令が連鎖し、大軍は急流のごとく突進をはじめた。剣や甲冑が落日にかがやき、地平にかたむく黄金色の巨大な円盤を背にして、ミスル軍は東へと突きすすむ。ディジレ河の洪水を思わせる迫力であった。

パルス軍は狼狽したようであった。前進しつつあった騎兵部隊が、つぎつぎと馬首をめぐらし、歩兵がつくる盾の壁に身を隠しはじめた。それを見たミスル軍の将兵が勝利と威嚇の叫びをあげた。そしてつぎの瞬間、彼らが見たものは、数十列にわたって並べられた盾であった。そして突然、何も見えなくなってしまった。

三万の盾が鏡となって落日を反射したのだ。ミスル軍の前方に長大な光の壁が出現し、全軍の目をくらませた。人も馬も駱駝も、めくるめく光に瞳を灼かれ、一時的に視力を失った。

悲鳴とともに兵士たちは顔をおおった。手綱が手から離れる。馬や駱駝は制御を失った。疾走する馬や駱駝にとって、視力を失うのは平衡を失うことであった。

馬と馬とがよろめいてぶつかりあう。戦車と戦車とが車体を接触しあう。馬が倒れる。駱駝が横転する。戦車の車軸がくだけ、車輪が宙に躍る。転落した兵士が後続の戦車にひかれ、駱駝の足に踏みつけられる。血と悲鳴は、暮れかかる空の高みへと舞いあがっていった。

暴風のうなりが、このときミスル軍をつつんだ。いっせいにパルス軍が矢を射放ったのだ。落日の光は数万本の矢によって、ぼろ布のように引き裂かれた。豪雨となって降りそそぐ矢の下に、視力を失ったミスル軍が立ちすくみ、倒れてもがきまわっている。

降りそそぐ矢の音と、噴きあがる悲鳴とがぶつかりあって、砂漠は音響の檻に閉じこめられた。咽喉を射ぬかれた兵士が戦車から転落し、その上に血まみれの駱駝が倒れこむ。戦車が横転し、その上にべつの戦車が乗りあげる。閃光で見えなくなった目に砂塵が飛びこみ、彼らは苦痛にのたうちまわった。

百を算える間に、ミスル軍は一万の兵を失っていた。遠望して呆然と声をのむホサイン三世の耳に、客人の声が突きささってきた。

「だから申しあげたはず。ナルサスめの狡猾なこと、百年を生きた梟もおよばぬくらいでござる。これを教訓となさるには、まずこの場を逃れることでござるな」

吐きすてるように、男は、ミスル軍の浅慮を糾弾した。ミスル国王も、側近の将軍たちも返答ができぬ。男のいうことは無礼だが事実であったし、ミスル軍としては怒るよりも先に、潰滅しつつある軍をたてなおさなくてはならなかった。

「とにかく後退して軍を再編せよ」

そう命令を伝達させたが、命令を受けるべきカラマンデス将軍は、そのときすでにこの世の住人ではなくなっていた。パルス騎兵部隊の先頭に立って突進してきた黒衣の騎士に一騎打を挑まれ、十合と撃ちあわず、敵将の槍に胸板をつらぬかれたのである。

カラマンデスの戦死が伝えられると、ミスル軍の狼狽と恐怖はさらに激しく、落日の光を頼りに逃げまどった。

ミスルの勇将マシニッサは折れた剣を投げすてた。逃げだす兵士の手から長槍をひったくり、音たかくしごくと、駱駝を駆って黒衣の騎士に迫った。相手はまたもミスル騎士のひとりを槍で突き殺したが、あまりに深くつらぬいたので槍が抜けなくなり、それをすてて長剣を抜き放とうとしていた。

駱駝の背に乗るマシニッサは、馬上の騎士より位置が高い。上方から長槍を突きおろすと、銀色の穂先はパルス騎士の黒い冑にあたって、音たかく折れとんだ。黒衣のパルス騎士が鋭くミスル騎士の姿を見あげる。

「ほう、逃げださぬとは殊勝な」

「ほざくな、僭王の犬めが！」

槍をすて、駱駝の脇腹にくくりつけられていた鞘から三日月刀を引きぬきながら、マシニッサは叫びかえした。僭王とは、国王となる資格を持たぬ者が国王と称することである。パルス国王アルスラーンは、先王アンドラゴラス三世の王太子であったが、じつは王家の血を引かぬ者であるという事実を、国の内外に明らかにしていた。それゆえに、マシニッサはパルス人を侮辱するとき、そう叫んだのである。

マシニッサの罵声は、黒衣の騎士の怒りを誘った。長剣が光の暴風となってマシニッサに襲いかかってきた。三日月刀をふるって、ミスルの勇将はそれを弾きかえす。刃鳴りが耳をつらぬき、腕の筋肉がきしんだ。これほどの剣勢を、マシニッサははじめて経験した。反撃しようとしたが、すかさず強烈な第二撃が加えられ、ミスルの勇将は防戦一方に追いこまれた。

二十合を算えたとき、マシニッサの左腕から血飛沫がはねた。三十合に達したとき、マシニッサの右手から三日月刀が飛び、砂塵のなかへ舞い落ちていった。敗北をマシニッサはさとった。彼は駱駝の手綱を引き、その横腹を蹴りつけて方向を変えようとした。ここは退却するしかない。

駱駝は馬にくらべて従順さに欠けるといわれる。気にさわることがあれば、騎手の意思にもしたがわない。乱暴なあつかいを受けて、マシニッサの駱駝は気分をそこねた。あらあらしく鼻孔から息を吐きだすと、いきなり前肢を投げ出すような姿勢で地上にすわりこんでしまったのである。

短い叫び声を放って、マシニッサの長身は駱駝の背から投げ出された。地上で一転して起きあがったが、敗北感と屈辱に目がくらんだ。雄敵に討たれるのはしかたないが、これほどの醜態をさらすことになろうとは。

だがマシニッサの頭上に、剣光は落下してこなかった。それは水平に走って、飛来した矢を空中で両断している。黒衣の騎士は鋭く視線を動かして、あらたな敵手の姿を求めた。

矢を放ったのは、右頬に傷のある男であった。彼は馬に騎っており、弓を左手にかまえていた。黒衣の騎士が向きなおる間に、マシニッサは、砂塵と汗にまみれながらその場を脱した。正確には、ころがり出たのである。

右頬に傷のある男は、黒衣のパルス騎士めがけて第二の矢を放とうとした。だが弓を引きしぼった瞬間、風が警告の笛を鳴らした。男の弓が折れ、矢は空をすべって地に突き刺さった。パルス軍から放たれた一本の矢が、男の弓に命中したのである。流れ矢ではなく、ねらいすまして放たれたものであった。

「でしゃばりの女神官めが！」

深刻な憎悪をこめて、右頬に傷のある男はつぶやいた。彼は弓を投げすて、馬首をめぐらすと、すばやくミスル軍の隊列のなかに逃げこんだ。乱軍のなかで神技を見せつけた達人の正体を、彼は知っていた。

パルス軍の陣頭では、黒衣の騎士が、弓の達人を賞賛していた。

「あいかわらずおぬしは地上における弓矢の女神でおいでだ、ファランギースどの」

賞賛された相手は、無言でうなずいたのみである。腰までとどく髪を持つ女であった。

彼女は逃げさったミスルの射手を視界のうちに求めた。不審そうな表情が彼女の瞳にたゆたっているようだった。

Ⅲ

ディジレ河を渡ってパルスの土を踏んだミスル軍は約八万。ふたたび河を渡って国にもどった者は六万。全軍の四分の一を失うという敗北は、ホサイン三世の眉を曇らせた。もともと、むやみに好戦的な王ではない。出兵は充分に利害を計算した上でのことであった。それがむざむざ失敗しただけに、ホサイン三世は心楽しまなかったが、表情には出さなかった。

惨敗した将軍たちがひとりひとり王の御前にあらわれ、平伏して謝罪する。ホサイン三世は彼らに労りの声をかけた。とくに恥じいったようすのマシニッサに対しても。

「すんだことはもうよい。気にいたすな」

王者の貫禄を見せて、ホサイン三世はマシニッサをとがめなかったのである。

パルスが奴隷制度を廃止して以来、ミスルの奴隷たちが何かと騒がしい。自分たちもパルスの奴隷たちのように解放されたい、と望む者は当然いる。それを煽(あお)りたてる者もあらわれる。これまでは単なる不平不満であったものが、「解放」という目標を見出(みいだ)した。奴隷制度をつづける国々にとってはまずいことであった。いずれパルスとは再戦せざるをえぬ。宿将カラマンデスを失った上に、生き残りの将軍たちを罰したりしては、ミスル軍の陣容が薄くなってしまう。そのような現実的な計算も、ホサイン三世にはあった。

マシニッサのつぎにホサイン三世の前にあらわれたのは、右頬に傷のある男である。マシニッサの危機を救った功績が彼にはあった。

「陛下、ナルサスめの奸知(かんち)、これでよくおわかりいただけたと存じます。なれどパルスの内外には奴めの敵も多うござる。彼らをまとめてナルサスめに対抗させたいと存じますが、いかが？」

「ふむ、おぬしならそれができるか」

「陛下のお許しをいただければ」

「よかろう、何にしてもパルスの勢威(せいい)を削(そ)ぐためには、あらゆる策(て)を打たねばならぬ。計画がととのったら報告にまいれ。資金を用意してつかわす」

謝礼の言葉をのべて、右頬に傷のある男は国王の御前をしりぞいた。ホサイン三世が思案をかさねていると、侍立していた宮廷書記官長のグーリイが声をかけた。

「奇妙な暗合をご存じでおいででしょうか、陛下」

「暗合？」

「はい、四年前、ルシタニア軍がパルスに侵攻したときのことでございます。パルスの地理や国内状勢にルシタニア軍は暗うございました。そのとき彼らに地理を教え、作戦をさずけた人物がおりまして」

「ああ、思いだした。奇妙な銀色の仮面をかぶった男であったそうな」

ホサイン三世はうなずいた。その当時、ミスルは対パルス不干渉政策をつらぬいたのだが、その間、パルスの状勢に無関心であったわけではない。外交官や商人や密偵がもたらしたさまざまな報告は、ホサイン三世のもとで分析された。そのなかに銀色の仮面をつけた人物の一件もあったのである。その人物がじつはパルスの王族ヒルメスであったという事実も後に伝えられた。

「ヒルメス王子の顔には傷があり、仮面はそれを隠すためであったと申します」

「というと、あの右頬に傷のある男が、ヒルメス王子だとでも、そのほうは申すのか」

「確認はしておりませぬが、ひとつの可能性として……」

「ふむ、どう考えたものであろうかな」

ホサイン三世は禿げあがった額をなでながら考えこんだ。グーリイの憶測が正確であって、右頬に傷のある男がヒルメス王子であるとすれば、事態はどうなるか。ヒルメスは王位を回復するためにルシタニア軍を利用しようとして、結局、失敗した。そして今度はミスル軍を利用し、あくまでも王位を回復しようとしているのであろうか。

一方的に利用されるのはお人よしすぎるというものである。真にヒルメス王子であるとすれば、こちらが彼を利用する方法を考えるべきであろう。ホサイン三世は禿げあがった額の奥で思案をめぐらせた。さしあたって、ふたつの利用法が考えられる。ひとつはヒルメス王子の存在を公表し、彼が王位を回復するための手助けをする。めでたく「ヒルメス王」誕生のあかつきには、ディジレ河東岸の領土と、奴隷制度の復活ぐらいは要求できるはずだ。ミスルは大陸公路西部における奴隷貿易の中心地として、以前より大きな位置を占めることになるであろう。

もうひとつの利用法。それはヒルメスを助けるのではなく、逆に虜囚としてしまうことだ。とらえたヒルメスをパルスに送還する。あるいは殺害して首を送りつける。王位を奪回しようとする者を排除してやり、アルスラーン王に恩を売る、というわけである。まったく反対の運命が、右頬に傷のある男を待ち受けることになる。

いずれにしても、それは、グーリイの憶測が的中していた場合のことだ。彼が単なる流浪の旅人であれば、何の意味もないことである。

「いや待て、仮にそうだとしても、あの者をヒルメス王子にしたててパルスの国内に波紋を巻きおこすていどのことはできるな。どうせヒルメス王子の素顔を知る者はそう多くあるまい。生かせる駒なら最大限に生かさなくてはな」

胸中の結論を、ホサイン三世は口には出さなかった。国家規模の政略にはいくらでも選択の余地があるが、ひとつ口に出すたびに、それが減っていくように思われた。

ホサイン三世のもとに、ふたたびマシニッサ将軍が姿を見せたのはこのときである。彼はパルスの黒衣の騎士にあわや討ちとられるところを、右頬に傷のある男によって救われた。感謝すべきところであるが、マシニッサは、生命の恩人に対してむしろ反感を募らせていたのである。

「あのような異国人、しかもえたいの知れぬ男を、かるがるしく信用なさってよいものでしょうか。陛下にはご注意くださいませ」

そう進言するマシニッサの顔を、ホサイン三世はじろりと眺めやった。

「あの者がミスルに対して忠誠心など持っておらぬことは、予も承知しておる。だがな、それをおぎなって余りあるのは、パルスに対する憎しみじゃ。アルスラーン王とナルサス卿あるかぎり、あの者はパルスを憎みつづけ、したがってわれらの味方でありつづけるだろう」

「ですが、それにいたしましても、陛下」

「いや、むろん、おぬしの危惧はわかっておる。マシニッサ。あの者に利用されるつもりはない。あの者がミスルに害をなそうとしたときには、マシニッサよ、おぬしの剣をもってあの者を斬りすてるがよかろうぞ」

「御意！」

うれしそうにマシニッサは一礼した。ホサイン三世は座から立ちあがり、飾りたてた自分の駱駝へと歩みをすすめた。「マシニッサめ、存外、器量の小さな奴。あれではなかなかパルス軍に対抗できまい」と、内心で失望しながら。

IV

この日、パルス国王アルスラーンが検分したミスル軍の武将の首級は、カラマンデスをはじめとして四十におよんだ。十八歳になったばかりの若い国王は、勝ち誇るでもなく淡々として勝利者の任をはたした後、敗将たちの首を蜜蠟に漬けてミスルに送りとどけるよう命じた。首だけでも送りとどけて葬わせてやろう、という心づかいである。侍臣のエラムをともなって、アルスラーンは陣地内を歩んだ。黄金の冑はぬいで小脇にかかえ、髪を微風になぶらせている。

アルスラーンの身長は、現在では宮廷画家のナルサスにほぼ斉しい。一歳年少のエラムのそれは、アルスラーンより指三本分ほど低い。ふたりとも、もはや少年ではなく若者であり、パルス風に表現すれば「夜空の月が満ちるように」成長と充実をとげつつあった。彼らは国王と臣下ではあったが、生死をともにしてきた友人であり、また同じ師ナルサスに学ぶ相弟子でもあった。

歩みをとめて、アルスラーンは黒い髪の友人に肩ごしの視線を投げかけた。

「犠牲なくして勝利はえられぬものだな、エラム。首を送りとどけてやっても、ミスル兵の遺族には悲しみが増すばかりかもしれぬ」

「御意。ですがどうぞ必要以上にお気になさいませんように。あとはミスル人の心しだいでございますから」

十七歳にしては分別くさい口をきくのは、師の影響である。アルスラーンが若々しい口もとをほころばせたのは、「エラムはどんどんナルサスに似てくるな」と感じたからであった。おりからふたりの前方に、ナルサスが姿を見せた。陣中にありながら甲冑をまとわず、剣を佩(は)くだけの軽装(けいそう)である。片手に乗馬用の鞭(むち)を持つのは、これ一本で十万の大軍を動かす軍師の証(あかし)であった。

かつてダイラム地方の領主であったナルサスは、アルスラーン王より十二歳の年長で、ちょうど三十歳になる。以前からの約束どおり、彼は新国王によって宮廷画家に任じられ、友人である黒衣の騎士ダリューンに無言で天をあおがせたのであった。

公式文書に彼の名と官職が記されるとき、「副宰相(フラマート)にして宮廷画家たるナルサス卿」と書かれると、ナルサスは無言でペンをとって書きあらためるのである。

「宮廷画家にして、一時は副宰相たるナルサス」

いま、まじめくさって彼は国王に一礼した。

「いささか血なまぐさいながら、即位記念日の勝利、祝着(しゅうちゃく)に存じます」

「いつもながら、おぬしのおかげだ」

「いえ、彼らの働きあればこそで」

ナルサスが軽く鞭をあげる方角に、一羽の鷹(シャヒーン)と二騎の人影(ひとかげ)があった。鷹はアルスラーンの翼ある友、「告死天使(アズライール)」である。

「告死天使(アズライール)」はすでに若鳥と呼ばれる年齢ではない。解放王アルスラーンの征戦(せいせん)にしたがって、人間にまさる武勲をかさねた老練の勇士である。その勇士がいま宿り木にしているのは、黒衣をまとった雄将の肩であった。黒衣の万騎長ダリューン。この年三十一歳。無双の驍勇は円熟の度を増し、鋭く精悍な顔だちには沈着さを加えて、大陸公路における最強の戦士としての風格をそなえている。

彼の横に馬を並べているのはファランギースであった。

黒絹の髪、緑玉の瞳、白珠の肌、糸杉の身体。女神官ファランギースは三年前に変わらず美しく、美の女神アシがりりしく武装した姿にまごうほどである。アルスラーンの即位後、いちど彼女はフゼスターンのミスラ神殿に帰ったが、ほどなく召し出され、宮廷顧問官と巡検使と、ふたつの官職を与えられた。ともに定まった職務があるわけではなく、事あるときに国王の相談役となり、また特命をおびて国王の代理をつとめる。彼女にふさわしい役であるかもしれぬ。

ダリューンとファランギースは若い国王の前で馬をおりて敬礼し、「告死天使」は優雅にはばたいてアルスラーンの差しのべた手に飛びうつった。

アルスラーンがパルス王国の統治者として功績をあげた第一の点は、何といっても、強大な外敵を撃ちしりぞけたことである。西のルシタニア、東のトゥラーン。ともに大軍をもって侵攻し、パルスの富を却掠しようとしたが、みじめな失敗をとげた。ルシタニア国王イノケンティス七世も、トゥラーン国王トクトミシュも異郷の土と化し、彼らの軍旗は倒れたままふたたび立たぬ。

「英雄王カイ・ホスロー以来の武勲である」

と、吟遊詩人たちが感歎するのも当然であった。

この巨大な武勲と、麾下の兵力とは、パルス全土を圧倒した。くわえて海港都市ギランの豪商たちが豊かな富をもってアルスラーンの兵力をささえた。パルス暦三二一年九月、アルスラーンがささやかな即位式を挙行したとき、王都エクバターナには貴族の九割以上が参集し、内心はともかく、新国王に対して盛大な拍手を送り、うやうやしく忠誠を誓ったのであった。

「旧時代を破壊してくれたルシタニアに感謝するとしよう。彼らはパルスにたまった埃を払ってくれたのだから」

ナルサスがそう語ったことがある。かなり皮肉をこめた発言ではあるが、一面の真理であった。

悪虐な侵略者は、しばしば、侵略された国の旧い社会秩序を破壊し、結果として、その国の再生に力を貸す場合がある。あくまでも結果として、である。ルシタニアは領土と富を求めてパルスを侵略したが、結局、アルスラーンの登極とパルスの再生とに力を貸してしまうことになった。旧体制をささえていた貴族や諸侯（シャフルダーラーン）は力を失い、奴隷制度は廃止され、腐敗していた神官（ムーベド）は一掃されてしまった。

これらの貴族や神官は、アンドラゴラス王以前の特権を回復しようとしたのだが、アルスラーンもナルサスも彼らを相手にしようとしなかった。自分たちに何の功績もないことを忘れて、彼らは新体制を怨（うら）んだ。

だがそれらの不満分子を糾合（きゅうごう）し指導できるような者はいなかった。アルスラーンの統治を理論的に批判し、それに対抗するための政策をたて、組織をつくり、諸外国とひそかに連絡をとって包囲網を築きあげる。そんな芸当ができる者はいなかったのだ。

「いや、ひとりだけいる」

と語るのはダリューンで、彼の指先がさすのはナルサスである。たしかにナルサスの権略をもってすれば、アルスラーン王の治世（ちせい）をくつがえすことは可能であろう。だがナルサスは、すくなくとも現在のところ、くつがえすのではなく、つくりあげるほうに熱心であった。

「ところで、ファランギースどの、先刻はおぬしの矢に助けられた。あのとき何やらいわくありげに敵陣を見ていたようだが」

ダリューンが美貌（びぼう）の女神官（カーヒーナ）に問いかけると、ファランギースはうなずいて反問した。

「それじゃ、おぬしに心あたりはないか」

ファランギースは神技を誇る弓の達人であり、当然ながら視力はきわめて鋭い。彼女は戦場で奇妙な敵を見た。ミスル軍の一員であるが、よそおいがミスル人のものではなかったし、馬の騎りかたはパルス風であった。顔だちの細かい部分まではさすがに見えなかったが、ぎらつく両眼と、すばやく顔を隠した身ぶりとが、ファランギースに悪しき印象を与えたのである。

ダリューンは小首をかしげた。

「おれには心あたりがありすぎる。何者やら見当もつきかねるな」

この四年間、ダリューンが剣光の下に葬りさった雄敵は数知れぬ。彼らの生国もまた、パルス、ルシタニア、シンドゥラ、トゥラーンの四か国におよび、今日またミスルがそれに加わった。死霊や復讐者の存在を気にしていては際限がない。

「残念なのは、あのミスル人に報いをくれてやりそこねたことだ。アルスラーン陛下を僭王呼ばわりするとは、舌も性根も腐りはてた奴。再戦のときにはたっぷり反省させてくれよう」

ダリューンの眼光にマシニッサが再会することがあれば、舌が凍てつく思いをすることになりそうであった。ファランギースは端麗な口もとに微笑のかけらをこぼした。

アルスラーンが旧王家の血を引いていない。その事実を公表するに際して反対論もあった。エラムも、ひかえめながら反対論をとなえたひとりであったのだ。ナルサスは怒らなかった。

「秘密にしておくからには、それなりの利益があるはずだ。アルスラーン陛下が先王の実子でないという事実を隠して、どのような利益があるのかな、エラム」

師に問われて、エラムは「そらきた」と思い、なるべく理路整然と説明した。

「無用な波乱をおこさずにすむと思います。何と申しても、王家の血というものを人は貴ぶものです。また、陛下が旧王家の血を引かぬことを口実にして、他国がわが国に干渉してくるおそれもありましょう」

「一理ある。だがな、エラム、この場合、隠しておくほうが害は大きいのだ」

新国王に出生の秘密があれば、反対派はかならずそれを探りだそうとする。探りだした秘密を武器のごとく振りかざし、それによって新国王の権威を傷つけようとするであろう。そうなったとき、隠しておいたこと自体が新国王の弱みになる。そうなってから「血統になど何の意味もない」といったところで説得力を持たないであろう。

「アルスラーン陛下には後ろぐらい秘密など何もない。たしかに旧王家の血を引いてはおられぬが、王太子として先王アンドラゴラス陛下に公認された御身。王統を継ぐに何の不つごうがあろう。それを否定するのは、先王のご意思を否定するもの。臣下としてあるまじきことと思われるが、いかが？」

これが国の内外に対するナルサスの論法であった。最初から公開されている秘密は、脅迫者にとって価値を失う。「みんな知っていることだ。それがどうしたというのだ」といわれればそれまでである。民衆にとって、善政をしく現在の国王を追い出し、正統の国王を迎えることなど何の意味もない。解放してもらった奴隷たちには、なおさらのことだ。民衆の信頼を厚くし、国力を強化する。それこそが新国王の権威を正当化する唯一の道である。

「よくわかりました、ナルサスさま。それでもいまひとつ気になる点があります」

エラムがいうのは、アンドラゴラス王に遺児がいること、名乗りでれば母君たるタハミーネ王太后に再会させ、王族として厚く遇する、とナルサスが公表したことであった。

「もし、アンドラゴラス王の遺児と名乗る偽者がつぎつぎとあらわれたら、どうなさいます。それこそ無用な混乱を招くことになりませんか」

するとナルサスは軽く笑いすてた。

「つぎつぎとあらわれてほしいものだ。そうなれば、真の遺児であるという信頼度は薄くなる。また偽者があらわれた、ということでな。アルスラーン陛下にはまったく傷がつかぬ。そうではないか」

「あ、なるほど」

エラムは首肯し、赤面した。自分が未だ師父に遠くおよばぬことは自覚しているが、このような問答のたびにそれを痛感するのだ。

アルスラーンが旧王家の血を引いていないという事実は公然のものであったが、同時に奇妙な伝説も流布していた。じつは古代の聖賢王ジャムシードの正統の子孫こそ、アルスラーンである、というものである。蛇王ザッハークと、カイ・ホスローの血統の支配を経て、いま聖賢王の治世が復活したというのだ。

そのばかばかしい伝説を、ナルサスは禁じなかった。それはアルスラーンが新王朝の始祖として認められたも同然のできごとだからである。

「あのような伝説、ナルサスが流布させたのではあるまいな」

一度アルスラーンが問いかけたことがある。ナルサスは指先についた絵具の汚れを布で拭きとりながら、平然と答えた。

「ご冗談を、陛下。このナルサスが画ったのであれば、もっと気のきいた話を用意いたします。聖賢王の子孫がどうのこうの、おろかしい血統崇拝ではございませんか」

「なるほど、たしかにそうだ」

むろんナルサスは冗談以外のこともいう。

「人の世に完全を求めることはなさらぬように。完全を求める政事は、多くの罪人をつくりだし、密告を増やし、人の心を暗くいたします。どうか陛下ご自身も、不可能なことをお求めになりませぬように」

理想の灯をかかげつつ、現実の道を歩む。ナルサスが王者の師として説くことはつねにそれであった。アルスラーンは統治者であって宗教家ではない。天上ではなく地上に王国を築かねばならぬ。人を殺すことは大いなる罪であるが、外敵が攻めてくれば戦って退けねばならぬ。人をだますことも罪ではあるが、敵を破るためには詐略を必要とする場合もある。政事をおこなう以上、あらゆる人間とあらゆる道徳とを満足させることはできぬのだ。

ナルサスに学びつつ、アルスラーンはこれまで大過なくパルスを統治してきた。

未発に終わった叛乱や、公式記録に残されない陰謀などがいくつもあり、「解放王の御世は完全に安定していたわけではない」ともいわれる。むろん、完全に安定している治世などありえない。改革をおこなえば、かならず敵をつくる。これまで特権の上にあぐらをかき、富を独占していた者たちは、改革者を激しく憎むであろう。

「誰からも憎まれたくなければ、何もなさらぬことです。いえ、それでさえ、何もしなかったと非難される因になりましょう。それもおいやなら王冠をお捨て下さい。そうすれば、王権の重みに耐えかねて逃げだした、という悪口以外はいわれずにすみます」

「悪口をいわれないだけの人生」がいかに無意味なものであるか、アルスラーンはすでに学んでいた。むろんやたらと敵をつくる必要もないことだが、すべての人間を味方にすることもできないのである。

アルスラーンは奴隷制度を廃止し、人身売買を禁止した。これはパルス国内にとどまらず、諸外国にとってもおどろくべきことで、まずミスル王国が軍隊をもって反対の意思をあらわしたわけである。それを撃退したのはよいが、奴隷制度をつづける国と廃止した国とが隣りあわせているからには、今後も戦争の火種は残るにちがいなかった。

「奴隷たちは多くが広い視野を持ちません。目先の欲にまどわされ、また自分たちさえよければそれでよい、と思っております。これは彼ら自身の罪ではなく、彼らに教育と目的とを与えなかった者の罪です」

かなりの国費が、奴隷たちを自立させるために使われた。おもに荒野を開拓して農地をひろげ、用水路や家をつくる費用である。解放された奴隷たちを集団に分けて指導者を選出し、開拓した土地は三年後に開拓者の私有地となる。そのような制度をナルサスはととのえ、一方で、戦乱で消えさった大貴族の荘園も開放をすすめた。「自作農を育て、中産階級を増加させて王権を安定させる」というナルサスの統治法は、急速に実を結びつつあった。

V

「国王アルスラーン陛下、ディジレ河畔においてミスル軍を破りたもう。敵の戦死は二万、名だたる勇将カラマンデスも、ふたたび陣頭に立つことなし」

その報がもたらされて、夜を迎えたパルスの王都エクバターナは歓喜の声につつまれた。ディジレ河畔からエクバターナまでは百二十ファルサング（約六百キロ）、大陸公路に沿ってナルサスが築いた烽火台と伝書鳩の連絡網により、わずか半日で報告はもたらされたのである。

宰相ルーシャンと大将軍キシュワードが手配し、王都の市民に対して一万樽の葡萄酒がふるまわれた。広場には数千の松明がともされ、笛や琵琶が陽気な音楽をかなで、歌や踊りが披露された。国王アルスラーンが十日後に凱旋する旨、宰相ルーシャンが市民に告げると、わきおこった歓声が夜空の星々をたたいた。

宰相のルーシャンは、ナルサスの絢爛たる智略の光彩を前にしては影が薄くなる。

アルスラーンが王位を得るに際しても、彼の働きはめだつものではなかった。前王アンドラゴラスの威圧と迫力に押され、何もできなかったように見えたのである。そのころはただ無力な老貴族でしかなかった。

それにもかかわらず、即位と同時にアルスラーンはルーシャンを宰相に任じた。ルーシャンの穏健で中正ともいうべき為人に好意をいだいていたし、ナルサスも彼を推薦したのである。

「ルーシャン卿はパルスの旧勢力にあって、もっとも人格的に信頼できる御仁です。ルーシャン卿を宰相の座に据えておけば、旧勢力も諸外国も不安を持ちませんし、私などもやりすぎをへらすことができましょう」

国家制度の変革にせよ、諸外国との外交や戦争にせよ、事実上はナルサスが立案と指導をおこなうのだ。宰相は国王の近くに腰をすえ、祭典や儀式をつかさどり、宮廷の役人たちを指導し監督し、法と慣習にもとづいて国王のおこなう裁判に助言する。諸外国の大使を接待し、公平な人事をおこなう。それらのことを、ルーシャンはまじめにやってくれた。それで充分だった。

お祭りは地上だけではない。王都に近い水路には、百艘近い小舟が漕ぎ出し、それに乗った人々が松明を振って「アルスラーン王ばんざい」を叫んだ。夜の水面に火が映り、幾万の宝石をつらねたような美しさである。これを演出したのは、王都を警備する将軍ザラーヴァントであった。

　ルシタニア軍によって破壊された貯水池と水路の修復工事を指導したのが、このザラーヴァント卿である。この若い大男は、思いもかけぬ異才の所有者であることが判明した。土木工事が得意なのだ。地形を案じ、図面を引くのも得意だが、工事を指導するのがじつに巧みであった。本来、国家的な土木工事に駆りだされるのは民衆にとって迷惑なことである。だが、水路を復旧しないことには、王都エクバターナ全体が渇きによって死に絶えてしまうであろう。一日も早く工事を完成させねばならなかった。ザラーヴァントは自分から名乗りでて工事の指導を引き受けたのだ。

　まず多額の報酬を出すと布告して、ザラーヴァントは三万人の労働者を集めた。さらにこの三万人を、二千人ずつ十五の集団に分け、ひとつの集団を百人ずつ二十の組に分けた。それぞれの組と集団に統率者をおき、分担して工事を進めさせた。早く工事を完成させた組には賞金を出し、たがいに競争させたのである。もともと水利土木の技術に関して、パルスはルシタニアよりはるかに進歩していた。こうして、ルシタニア人の技術者が「三年はかかる」と観(み)ていた水路の復旧工事は四か月で完成したのであった。完成の当日は、千頭の羊と五千樽の葡萄酒(ナビード)がふるまわれ、約束より一割ましの報酬が支払われて、エクバターナにはお祭り気分があふれたのである……。

アルスラーン王の勝報が王都にとどいたこの夜、一軒の酒場で、七人の男が顔を寄せあい、市民たちの陽気な歌声に耳をふさぐ態で暗い杯をかわしあっていた。絹のりっぱな服を着た壮年の男たちだが、せっかくの絹服にも汚れやほころびがあり、すさんだ印象である。ルシタニアの侵略と、アルスラーン王の即位によって落ちぶれてしまった名門の男たちであった。

「まったく新国王もいろいろとやってくれる」

「このままではパルスの富も栄光も、無学な奴隷どもに食いつぶされてしまうぞ」

「われら名門出身者たちをないがしろにするにもほどがあるというものだ」

彼らの声には陰惨なひびきがある。先祖たちから伝えられた特権を奪われて、それを回復できぬ者の声であった。時代が変わったのに、それを認めることができぬ。あたらしい時代に対応することができず、といって旧い時代にもどすだけの実力も意志もない。落ちぶれた者どうしで額を寄せあい、若い国王とその廷臣たちをののしり、昔をなつかしむだけであった。べつに彼らは新国王から排除されているわけではない。「仕事をする気のある者は名乗り出よ」といわれているのだが、身分の低い者たちといっしょに仕事などする気がないのだった。

「やれやれ、なさけない。悪政に反抗する気力もなく、ぐちばかりか」

その声は隣の卓から発せられ、一同の耳ばかりでなく心をも突きとおした。

声の主は自分の位置をたくみに計算しているようであった。灯影(ほかげ)のとどくぎりぎりの範囲に座を占め(し)、フードを目深(まぶか)にかぶり、表情を隠している。だが声の調子を隠そうとはしなかった。あからさまな嘲笑(ちょうしょう)が、落ちぶれた貴族たちの肥大した自尊心を傷つけた。ひとりが両眼を血走らせ、無礼な男をにらんだ。

「下賤(げせん)の輩(やから)め、何を笑うか。われらは由緒(ゆいしょ)ただしきパルスの名門だ。不当な侮辱(ぶじょく)を受けて、そのままにはしておかぬぞ」

「ほう、怒るか。怒ることができるか。いや、闘って権利をとりもどすこともできず、酔って不平を鳴らすだけのおぬしらでも、怒るふりぐらいはできるというわけかな」

「こやつ！」

わめいて躍り立った男が、腰の短剣(アキナケス)に手をかけた。だが抜き放つことはできなかった。暗灰色(あんかいしょく)の衣をまとった男が袖(そで)をひるがえすと、一枚の細長い布が宙をすべって、蛇のごとく相手の顔に巻きついたのである。短剣の柄(つか)をつかんだまま、相手は床に立ちつくし、二瞬の後、だらしなく尻から床に落ちた。長々と伸び、手足をひきつらせ、すぐに動かなくなる。

「案ずるな、気絶しただけだ」

暗灰色の衣が穏やかな嘲弄(ちょうろう)をこめて小さく揺れた。落ちぶれ貴族たちは声も出ぬ。権威でも実力でも圧倒できぬことをさとり、怯気(おじけ)づいて腰を浮かせた。

「さて、これからが肝腎(かんじん)な話だが……」

フードの奥で両眼が錆(さ)びついた光を発した。

「アルスラーンは人だ」

「な、何をわかりきったことを」

「まず聞け。アルスラーンは人の身じゃ。つまり不死の生命を持ってはおらぬ。いずれは死に、彼奴(きゃつ)の治世も終わる」

「そ、それはそうだが……」

落ちぶれ貴族たちは鼻白(はなじろ)んだ。男の真意を測(はか)りかねたのである。その場から逃げ出すこともできず、遠くの卓から投げかけられる不審の視線を気にしながら、ようやく別のひとりが声を出した。

「だが国王(シャーオ)は若い。まだ十八歳だ。老いて亡くなるまでに、たっぷり時間がある。それまでに伝統あるパルスの礎(いしずえ)は根こそぎくつがえされ、奴隷どもはわが世の春を楽しむだろう」

するとフードの奥から笑声がもれた。陰気に湿った、だがたしかに笑声であった。

「何がおかしい」

「むろん、おぬしのくだらぬ思案がおかしいのじゃ。おっと、そう血相を変えずともよい。なるほどアルスラーンは若いが、古来、若くして死んだ王者は幾人もおるではないか」

男の声は、一同に不吉な記憶をもたらした。まさしく彼のいうとおりで、パルス歴代の国王のなかには早逝した者も多い。第六代のゴタルゼス一世はただひとりの子ワルフラーンを生後半年で失い、自らもその直後に没したため、王統は従弟のアルタバスにうつった。第七代アルタバスも早逝し、王統は遠い一族のオスロエス三世が継ぐに至った。王位をめぐる陰謀や内乱、叛逆、暗殺、処刑のかずかずが、パルスの歴史に埋めこまれている。それは多くの人が知りながら公言できぬ、血のパルス文字であった。

男たちは酔いをさまし、悪寒を背中いっぱいにひろげた。暗灰色の衣をまとった男は、武力または暗殺によってアルスラーンを打倒せよ、といっているのだ。落ちぶれ貴族たちは恐れずにいられなかった。アルスラーンを打倒できればよい、とは思いつづけてきたが、成功するとは思えなかったのだ。彼らにはナルサスの智謀もダリューンの武勇もなく、そもそも勇気がなかった。彼らは顔を見あわせ、ひとりがようやく口を開いて弁解した。

「アルスラーン王は宝剣ルクナバードによって守護されておる。とうてい手が出せるものではない」

「ではあの宝剣ルクナバードを奪いとってしまえばよいではないか」

無造作に、暗灰色の衣をまとった男はいってのけた。市場の店先から果物をかすめとるかのような口調であった。一同は半ば放心したように動かず、卓上の料理は手もつけられぬまま、むなしく冷めていくだけであった。

宝剣ルクナバードは国王アルスラーンを守護する神器であり、玉座の背後の壁に飾られている。すなわちそれは開国の祖カイ・ホスローの霊がアルスラーンの王権を認め、その身を守護する、ということであった。ナルサスはそれを無条件のものとは見ない。宝剣はどこまでも象徴であるにすぎず、王権は王者の善政と民衆の支持によってのみ成立する、と、ナルサスはいう。ただし、ものわかりの悪い、旧い権威ばかりありがたがる輩に対しては、宝剣の存在がものをいうのだ。

その宝剣がアルスラーンの手から失われたら、どのようなことになるか。畏怖のあまり麻痺した一同の耳に、毒液が声となってそそぎこまれてきた。

「どうだ、誰ぞやってみぬか。もし宝剣ルクナバードを手に入れることができたら、その者こそがパルスの国王となれるのだぞ。見よ、現にアルスラーンめは王家の血を引かぬ下賤の身ではないか。おぬしらのうち誰が奴にとってかわっても、何の不思議もありはせぬ。

のう、そうではあるまいか……」

やがて夜半もすぎ、酒場も閉じる時刻となった。酒場の主人は、店の隅で長々と密談していた客たちを追い払うように送りだしたが、彼らがさして暴飲したわけでもないのに正体を失って亡霊のようにふらついているのを怪(あや)しんだ。何やら国王陛下を誹(そし)っていたようでもあるので、役所に訴え出ようかとも思ったのだが、一番最後の客が主人の顔に冷たい息を吹きかけると、床にへたりこんでしまった。そして翌朝、目がさめると、自分がなぜ店の床で寝こんでしまったのか、どうしても思いだすことができなかったのである。

第二章　狩猟祭（ハルナーク）

I

ディジレ河畔においてミスル軍を敗退せしめ、国王アルスラーンが王都エクバターナに帰還したのは十月八日のことである。宰相ルーシャン、大将軍キシュワード、王都警備隊長ザラーヴァントらの出迎えを受けて、アルスラーンは王都の門をくぐった。すでに夕刻であり、民衆は数万の松明をともして王の武勲をたたえた。そして一夜が明けた十月九日、朝のうちにアルスラーンは軍をひきいて今度は東へ向かった。あわただしい行動であった。

一説によれば、王宮にいると宰相のルーシャンが二言めには結婚を勧めるので、それがわずらわしかったからだ、といわれる。アルスラーンも十八歳になったのだから、結婚してよい年齢ではあった。結婚して子をもうけねば、王位を継承する者がいない。「アルスラーン二世」の誕生を、ルーシャンらが待望していたのは事実である。そして、彼らのすすめる縁談のかずかずに、アルスラーンが閉口していたこともまた事実であった。

だが今回の件では歴然とした理由があった。隣国シンドゥラの国王を迎え、シャフリスターンの野において盛大な狩猟祭をもよおす予定があったのである。シャフリスターンはパルス五大猟場のひとつであった。そしてパルス暦三二一年五月には、この野と、近くの聖マヌエル城とにおいて、パルス軍とルシタニア軍が衝突し、甲冑を着用した猛獣どもが武器をふるって血を流しあったのだ。パルス解放戦役における重要な戦場のひとつである。

パルス人のみならず、騎馬の民にとって狩猟はきわめて重大な行事である。軍隊の訓練としても、宮廷や宗教上の行為としても、そして外交の道具としてもである。ゴタルゼス大王の御世には、六か国の王が狩猟祭に招待され、パルスの繁栄と大陸公路の平和とを祝い、たがいの友好を誓いあったものであった。

平和と友好の誓いとは、残念ながら永続しないものである。その後、パルスは、周辺諸国のすべてと戦い、血を流すことになった。だが、永遠につづく戦いもない。今回、シンドゥラ国王ラジェンドラ二世を招くのは、かつて結ばれた和平条約を延長させる話しあいもかねてのことであった。

したがってアルスラーンは王宮に一泊し、その間、露台から民衆の歓呼に応えたのみで、翌朝すぐシャフリスターンの野へと出立したのであった。

かつて豪壮華麗をきわめた王宮は、ルシタニア軍の破壊と劫略によって荒廃に帰した。だがルシタニア軍もその後自分たちの王宮兼総司令部としていちおう修復したし、王位についたアルスラーンも三年がかりで手を入れて、ひとまず大国の王宮として恥ずかしくないていどに、その威容は回復している。アルスラーンは贅沢を好まぬが、戦後の人心を安定させるためにも、あるていどりっぱな王宮は必要なのである。

アルスラーンが行軍していく公路には、二ファルサング（約十キロ）ごとに烽火台が築かれていた。

外敵の侵攻があるときは、国境にもうけられた城塞群が住民を収容して固く門を閉ざし、ひたすら防御に徹する。一方、公路にそった烽火台が烽火をつらねて半日で王都エクバターナに急を知らせる。王宮に駐留する騎兵部隊がただちに進発して国境に駆けつける。それが副宰相としてナルサスが考案した新王朝の軍事制度であった。現にミスルが侵攻してきたとき、この制度が生かされたのである。

パルスは強兵の国であるが、ルシタニアの侵攻によって多くの兵と歴戦の指揮官とを失った。戦後もまず国土と経済の復興からはじめねばならず、半減した兵力を有効に使う必要があった。いつおこるか知れない戦役に具えて、東西の国境に十万二十万の兵力を貼りつけておく余裕はない。したがって、必要な場所にできるだけ早く兵を送る。機動力がきわめて重要なのである。

「アルスラーン王の十六翼将（よくしょう）」と呼ばれる人々は、すべて騎兵の指揮官である。かつてパルスの歩兵は奴隷（ゴラーム）であったが、奴隷制度が廃止されて自由民となった。となると俸給（ほうきゅう）を支払わねばならず、おのずと兵数も制限されることになる。

なお「十六翼将」と呼ばれる人々は、パルス王国の制度として存在していたわけではない。吟遊詩人が「解放王とその戦士（マルダーン）たち」の事蹟（じせき）を謳（うた）いあげるとき、とくに十六人の名があげられる。彼らは聴衆にむかって、「十六翼将の名を知るや」と問い、聴衆は指おり算（かぞ）えて答えるのだ。

「ダリューン、ナルサス、ギーヴ、ファランギース、キシュワード、クバード……」とつづき、「……エラム」で終わる。エラムが末席であるのは、彼が最年少であるからだ。だがパルス暦三二四年十月の時点で、アルスラーンに臣属（しんぞく）する者は十五名。まだ全員が顔をそろえてはいなかった。また彼らのうち、ジャスワントはシンドゥラ人、ジムサはトゥラーン人で、異国人もアルスラーンのもとで戦ったのである。

いわゆる「十六翼将」のなかで最年長者は片目のクバードである。パルス暦三二四年の秋に、彼は三十五歳であった。本来であれば最年長者として全体をとりまとめねばならぬところだが、クバードにはそんな気はない。大将軍（エーラーン）の座もキシュワードにゆずった。正確には押しつけたのだ。「柄(がら)じゃない」というのがその理由で、この自己評価には誰も反論できなかった。

キシュワードは家門(かもん)からいってもパルスで最高の武人である。彼は「解放戦における最大の武勲はダリューン卿こそ」といって大将軍(エーラーン)職を固辞した。だがダリューンは、キシュワードより年少で万騎長(マルズバーン)としての閲歴(えつれき)も浅いという理由でそれを謝絶した。アルスラーンの裁断によってキシュワードが大将軍(エーラーン)となり、武将たちの首席をつとめることになったのである。

大将軍(エーラーン)の座をめぐって三人の万騎長(マルズバーン)の間で争いがおこらなかったので、人々は安心し、ダリューンとクバードを「無欲の人だ」といって賞賛した。それは一面の事実ではあるが、クバードは「いまどき大将軍になって兵制改革で苦労するのはごめんだ」というのが本音であったし、ダリューンもなおしばらくは野戦の陣頭に立ちたかったのである。だが、地位はどうであれ、結局のところパルス軍の最高指導部はこの三人によって構成されるしかないのだ。かくしてキシュワード以外のふたりが「大将軍格(エル・エーラーン)」と称されることになった。

ダリューンの豪勇は、ルシタニア・トゥラーン・シンドゥラ、各国の軍隊が骨の髄(ずい)まで思い知るところである。だがミスル軍は、ダリューンの武名を噂(うわさ)として聞きつたえるだけで、実態を知ってはいなかった。むろん今度はちがう。勇将カラマンデスを討ちとり、マシニッサに逃走を強いた黒衣の騎士は、ミスル軍にとっても「黒い恐怖」として語りつがれることとなろう。

「おれはこれ以上強くはならんが、ダリューンはまだ上にいくだろうよ」

とクバードが語ったが、実際ダリューンの武勇は一日ごと一戦ごとに磨きがかかるようであった。

いまだ妻帯せず、王宮の門外に邸宅をたまわったが、年の半ばを王宮内で当直している。解放奴隷の老夫婦が邸宅の留守をまもっていた。ときとして妓館に足を向けることもあるが、さだまった女はいない。その点ナルサスも同様であるはずだが、彼の場合、アルフリードという存在がある。

アルフリードは祖母以来の慣習を破ってしまった。今年二十歳になるのだが、まだ結婚していないのだ。身体つきも少女から成人した女性のものになり、どことなく色香らしきものも漂わせるようになったが、言動が淑女らしくなるでもなく、往古と変わらぬ口調で、ナルサスとの関係を語るのだった。

「いいんだよ、ナルサスとあたしは魂が結びついてるんだからさ。世俗的な形式なんかどうでもいいんだ。まあ、いずれはきちんとしないとけじめがつかないけど、あわてることはないよ」

アルフリードとの件に関するかぎり、ナルサスは優柔不断と謗られても弁明できぬであろう。いちおう彼はアルフリードにむかって言いはしたのである。むこう幾年かは国事に専念する、国家より恋や家庭を優先するわけにはいかぬ、と。それでアルフリードはすなおに諒承して、幾年か将来を楽しみに待っているという次第であった。

「いいか、エラム。おれは一日も早く、埃っぽい俗世間から逃れて、美と真実の世界に定住したいのだ。だから早く一人前になって、おれの重荷を肩がわりしてくれよ」

ナルサスがしみじみいうと、エラムはやや皮肉っぽく答える。

「とるにたりぬ身ですが、できるだけのことはいたします。でも、ナルサスさま、あのお荷物だけはお引きうけできません」

あのお荷物とは、むろんアルフリードのことである。ナルサスが反応にてまどっていると、ダリューンがすまして口を開いた。

「恋愛は一瞬、後悔は永遠。たしかおぬしの持論だったな、宮廷画家どの」

さて、恋だの愛だのということになると、女神官ファランギースは、問われてつぎのように答える。

「わたしはミスラ神につかえる者。身は地上にあっても、心は地上にない。また耳に精霊の声は聴えても、不実な男どもの戯言は聴えぬ」

「さようさよう、ファランギースどのはおれの雅歌さえ聴いて下さればよい。俗塵でその美しい耳を汚すにはおよばぬぞ」

あいかわらず女神官にまつわりつくギーヴが熱心にいうと、ファランギースはひややかな視線を横に流す。

「おや、俗気がかたまって服を着ると、いつのまにやら口もきけるようになると見えるな。しかも長い舌が五、六枚はあるらしい」

「それはファランギースどの、誤解と申すもの。おれは髪の先から足の爪先まで、誠意と謙遜だけでできあがった男だ。それが証拠に、心の清らかな乙女だけがおれの真価を見ぬくことができる」

「心は清らかでも目が曇っていては、不実な男の餌食となるだけ。あわれなことじゃ」

彼らの会話がアルスラーンの耳にとどくと、彼の唇がほころびる。彼が歳月をともにしてきた仲間たちは変わっていない。いつまでもこのようであってほしい。そう思わずにいられなかった。

「このごろ何か珍しい話はないかな、ご両所」

ダリューンが話に加わる。ファランギースが応じる。

「そうじゃな、奇妙な陵墓盗掘者の話があるのじゃが」

「墓あらし？」

「ギーヴが先日、エクバターナの近くで出会うたそうな」

それはつぎのような話であった。

II

アンドラゴラス王の陵墓は豪奢なものではなかったが、質素にすぎるということもなかった。父王ゴタルゼス二世、兄王オスロエス五世の陵墓と並び、エクバターナの北方五ファルサング、アンヒラークと呼ばれる丘に彼は埋葬されている。この丘はかつてルシタニア軍によって荒らされ、諸王の財宝は略奪されたが、二年前に修復工事が終わった。かつてのような豪奢な雰囲気は失われたが、樹林や花壇がととのえられ、幾種類かの鳥が放されて、閑雅な場所となった。王者たちの永い眠りをさまたげることがないよう、さまざまな配慮がなされている。

これらの陵墓を管理するために役人がいる。王墓管理官といって、その地位は宮廷書記官と同等である。いってしまえば墓守だが、王墓近くの神殿におさめられている財宝を守り、「アルタバス王の死後二百年祭」などという場合には式典をつかさどる。なかなか重要な役職であるから、それなりに格式のある貴族がこの職に就くことが多かった。財宝をねらう盗賊どもを防ぐため、二百名ほどの武装兵も指揮下においている。

アルスラーン王のもとで王墓管理官をつとめる者は、フィルダスといった。宰相(フラマータール)ルーシャンの一族で、とりたてて才気に富んでいるわけではないが、職務に忠実で、その地位を名誉に思っている。「功績をたてて出世してやるぞ」などと考える型の人物は、このような職には向かないであろう。

フィルダスは五十歳で、もうこれ以上、他人を押しのけて出世しようとも思わない。無事につとめを終え、悠々(ゆうゆう)と老後をすごすことが望みであった。

十月六日の夜のことである。フィルダスは灯火を手に自宅を出た。灯火は酒精(アルコール)を燃やす種類のもので、青銅でつくられており、把手(とって)がついている。王墓を一巡した後、眠りにつくのが彼の日課であった。死者の眠りをさまたげぬよう静かさをたもたねばならぬので、兵士はともなわない。だが首から笛をさげており、危急のときはこれを鳴らせば、兵士たちが駆けつけてくる。

ほぼ満月であった。フィルダスはゆっくりと月下の道を歩んでいく。糸杉の並木にそってゴタルゼス王の墓をすぎ、アンドラゴラス王の墓へ近づいたとき、彼の平穏は破られた。

最初は錯覚かと思った。だがたしかに音が聴(きこ)えた。夜は深い眠りにおちているはずの鳥たちが、不安げにざわめいている。それにまじった異様なひびきは道具を使って土を掘る音だ。フィルダスは息をのんだ。黒い人影が、アンドラゴラス王の墓の上でうごめいている。

「ま、まさか、まさか……」

フィルダスの胃の底が氷結し、皮膚が鳥肌だった。ひざが慄え、直立することができなくなって、糸杉の幹にしがみつく。逃げだすか、笛を鳴らして兵士を呼ぶべきであったが、どちらもできなかった。

ただの墓あらしが相手であれば、これほど恐怖はしなかったであろう。何とも表現しがたい陰惨な冷気が、目に見えぬ鎖となってフィルダスの身と心をしばりあげたのだ。腰がぬけたまま、フィルダスは、神々と王者とを冒瀆する行為を夜の帳ごしに見守った。月光の下で黒い人影は動きつづける。深海を泳ぎまわる怪魚の姿に似ていたかもしれない。たゆむことなく着実に、人影は土を掘りかえし、墓をあばきつづけた。土をけずり石を打つ音が延々とつづき、その音がフィルダスをこの世ならぬ場所に引きずりこむようであった。

突然、肩に手を置かれたとき、フィルダスはあやうく気絶するところであった。凍てついたような頸をかろうじて動かす。月光の下にたたずんでいるのは、ななめに帽子をかぶり、剣を帯びた旅装の男であった。優美さのなかに強い発条を秘めた身体つきが、雪豹を思わせる。顔のつくりまでは見えなかったが、ひそめた声は若々しかった。

「アルスラーン陛下より知遇(ちぐう)をたまわり、かたじけなくも巡検使(アムル)の官位をいただいたギーヴと申す者。事情をご説明ねがえれば幸いだが」

巡検使ギーヴの名をフィルダスは承知していたが、それが安心には結びつかなかった。一般的にギーヴの評判といえば、

「火を消してくれるかわりに洪水をおこす」

というものであって、しかもどういうものか男だけが洪水に流されてしまうのであった。だがこの際この男があらわれてくれたのは、フィルダスにとって神々の助けである。

「は、墓あらしでござる。何やら怪異(かいい)な者が先王陛下の墓をあばこうとしておるのでござる。宝物は神殿にあり、墓に埋(う)められてはござらぬのに、何が目的やら」

必死の努力で、ようやくそれだけを語った。ギーヴは無言だが、闇のなかでわずかに眉をひそめたらしい。糸杉の幹に半ば身を隠しながら、月下の光景をすかし見た。彼はパルスで屈指の弓の名手であり、視力はフィルダスよりはるかにすぐれている。

このときこの場に彼があらわれたのは、じつは正義の使者としてではない。気ままに旅をかさね、狩猟祭(ハルナーク)に参加するため王都へもどる道、旅費をつかいはたした。このようなときには巡検使の身分がありがたい。一夜の宿を求めて王墓管理官の門前へ来たところ、こ

の事態に直面したのである。

「さてさて、財宝もなしに王墓をねらうとは、趣味のよくない奴。正体をたしかめてやるとしようか」

ギーヴにはギーヴの論理がある。埋められた財宝をねらって墓をあばくというのであれば、それはりっぱな商売である。そもそも、死者に財宝など必要ないものであるのに、柩（ひつぎ）にいれてあの世まで持っていこうなどという性根（しょうね）のほうが、よほどあさましいではないか。

だが財宝をねらうわけでもないのに墓をあばくとは、どういう意図であろう。食屍鬼（グール）ででもないかぎり、そのような所業をするはずはない。

この三年、ギーヴは巡検使（アムル）としての身分を持ちながら、たまにしか王宮にあらわれず、パルスの国土を旅してまわっていた。アルスラーンとしても、この気まぐれな楽士を籠（かご）に閉じこめようとは思わず、帰ってきた彼から旅の話を聞くことを好んだ。ギーヴは王都エクバターナで身体を休め、当然のような表情（かお）で巡検使としての俸給（ほうきゅう）を受けとると、また旅に出ていくのである。パルス暦三二四年の十月に、彼は二十六歳であったという。

月下の道に彼が歩み出ると、敷（し）きつめられた玉砂利（たまじゃり）が鳴った。黒い人影は動作をとめた。瘴気（しょうき）が敵意をともなって吹きつけてきたが、ギーヴは悠然（ゆうぜん）として恐れる色もない。

「墓あらしが悪いとはいわんが、やるなら見つからないようにすることだ。獲物を横どりされたら、せっかくの苦労が水泡に帰するというものだぞ」

横どり名人のギーヴがいうのだから説得力に満ちている。だが相手は感動しなかった。敵意にみちた瘴気はさらに強まって、後方に隠れているフィルダスは必死に嘔吐感をこらえた。ギーヴは眉も動かさぬ。内心がどうであれ、敵に弱みを見せることはけっしてない男だった。

変化は急激だった。黒い人影の手もとから蛇が躍って、ギーヴの顔面をおそった。ギーヴの手元からは閃光が走る。鞭を鳴らすような音が夜空をたたいて、蛇は両断され、地にとぐろを巻いた。そのときすでに黒い人影は一陣の風と化して夜の奥へと走り去っている。

追おうとしてギーヴは足をとめた。剣をのばし、地上の蛇をはねあげる。生命を持たぬ細長い布が宙を舞い、ふたたび地に落ちた。

「ふふん……魔道の類か」

ギーヴはわずかに目を細めた。三年半前、ペシャワールの城塞で出会った怪異な人影の記憶がよみがえった。あのときギーヴは敵の片腕を斬り落とし、濠の底に沈めてしまったのだが、正体をたしかめることはできなかったのだ。

「なるほど、あのときどうやらおれたちは毒草を刈りとって根を残してしまったらしいな。

あやつらの根はどこへつづいているのか?」

剣とともにつぶやきをおさめて、ギーヴはフィルダスをかえりみた。

「ところで、王墓管理官どの、重要な質問がひとつあるのだが」

「は、何でござろう」

「お宅には娘御(むすめご)はおいでであろうか」

「娘はふたりおりましたが、どちらももう他家に嫁ぎました」

「何だ、そうか。そいつはぜひもない」

興味を失った態(てい)でギーヴはいったものである。フィルダスの邸宅で酒食のもてなしを受け、やわらかい寝台で女ぬきの一夜をすごすと、さっさと立ち去った。フィルダスのほうは、荒らされた墓を大いそぎで修復させるとともに、王都に使者を出して事情を宰相ルーシャンに報告した。ルーシャンもこの事件に不気味さを感じたが、アルスラーン王には簡単な報告しかできなかった。何分にも、えたいの知れぬ事件であり、いそいで結論を出せるものではなかったのだ。

それが「奇妙な墓あらし」の一件であった……。

III

シンドゥラ国王ラジェンドラ二世は、アルスラーンよりちょうど十歳の年長である。異母兄弟との争いに勝利をおさめ、登極したのは、アルスラーンより半年ほど早かった。王位をえるにあたって、ラジェンドラはパルス軍の力を「ほんのちょっと」借り、以後、両国は和平条約を締結して、うるわしい友情をむすんだ。そしてラジェンドラはアルスラーンのもっとも信頼し敬愛する親友となり、今後も何かとアルスラーンを助けるであろう。

というのが、ラジェンドラ二世によって語られる両国の関係であった。彼に「ほんのちょっと」力を貸したパルスの武将たちがそれを聞けば、「九割がほんのちょっとか」と腹をたてるにちがいない。

だがパルス人たちの白眼(はくがん)など、ラジェンドラは歯牙(しが)にもかけなかった。金銀珠玉(しゅぎょく)で人も馬も飾りたてた彼は、アルスラーンに対して陽気に挨拶(あいさつ)すると、パルス国王の傍(そば)にひかえるシンドゥラ人に声をかけた。

「ジャスワントか、久しいな。パルスで幸福に暮らしておるか?」

「おかげをもちまして」

鄭重に、ジャスワントは故国の王者に一礼したが、とりようによっては皮肉きわまる返答であった。ラジェンドラが異母兄弟のガーデーヴィと王位を争い、国を二分させるようなことがなければ、ジャスワントは国を去らずにすんだのである。

「パルスの料理が口にあわなくなったら、いつでも帰国してまいるがよい。おぬしの力量にふさわしい地位を与えるぞ」

「ありがたいお言葉ですが、このところパルス料理のほうが口にあうようになりまして」

「女もパルスのほうがいいかな」

ラジェンドラは大笑した。今回の狩猟祭に彼がひきつれてきたシンドゥラの将兵は六千、象が十二頭である。いっぽうパルス軍は二万四千を算え、三分の一が騎兵であった。八千のパルス騎兵が整然と行進するさまをラジェンドラは馬上から見た。

「いやいや、勇壮きわまる光景だ。パルス軍の強さ、目に焼きつくというものだな」

ラジェンドラの感歎は、無意識の警戒をふくんでいる。パルス軍の強さを、ラジェンドラは熟知していた。敵としても味方としてもである。強いからといって、だが、ラジェンドラはパルス軍を恐れてはいない。味方としてはその強さを利用すればよいし、敵としてはその強さを発揮させぬようにすればよいのである。いずれにしても、彼の吹く笛によってパルス軍を踊らせてやればよい、と、ラジェンドラは思っているのであった。そして彼がそう思っていることを、パルスの宮廷画家は正確に知っている。

「強いだけでなく華麗さもこの上ない。おお、大陸公路でもっとも美しい勇者がお通りだぞ」

大きすぎる緑玉(エメラルド)をつけたターバンに手をやって、ラジェンドラが愛想よく挨拶する。それを受けたのはファランギースであった。緑玉と同じ色の瞳から表情を消し、完璧な礼儀を守って挨拶を返す。

「いや、あいかわらずの美しさ。御身(おんみ)の心をえるためならば、カーヴェリー河の底をおおうほどの珠玉をさしあげように」

「うるわしのファランギースどの」は冷然として、シンドゥラ国王のたわごとを風に乗せ、軽やかに馬を走らせていく。

「ナルサス卿とはちがった意味で、ファランギースどのも罪なことだ」

と、ギーヴがいったことがある。ファランギースに言い寄る男はギーヴ以外にも幾人となくいたが、成功した者はひとりもいない。ファランギース自身に受けいれられぬのは当然だが、ギーヴもせっせと恋敵(こいがたき)たちの足もとに穴を掘っては突き落としていたのであった。

ファランギース、そは月の異名

男どもを冷たく照らすなり
万人の目が彼女を見あげても
指先に触れることはかなわぬ

当時歌われた四行詩（ルバイヤート）であるが、作者がギーヴであるかどうかは不明である。

狩猟祭（ハルナーク）がはじまって、どれほど時をへたころであったろうか。長槍（ちょうそう）をたずさえて馬を進めるアルスラーンであったが、馬の歩みがにわかにとまった。叢（くさむら）がざわめき、空中に躍ったのは巨大な獅子（シール）の影であった。反射的にアルスラーンは長槍をひらめかせた。わずかな手ごたえとともに獅子のたてがみが数本、宙に舞った。獅子は巨体を宙でくねらせ、人間の攻撃をたくみにかわして、草の上に着地している。アルスラーンは馬首と槍をめぐらし、獅子と正面から相対した。威嚇（いかく）のうなり声が白い牙の間からほとばしり出る。

「気圧（けお）されるな」

自分自身にアルスラーンは命じた。彼はこれまで幾度も敵刃（てきじん）に相対した。多くの場合、敵の力量はアルスラーンにまさった。今回、人と獣とのちがいはあるにしても例外ではない。

「気迫が技倆の未熟をおぎなう、などと考えてはなりません。経験をかさね、技術を向上させることが第一。ですが、落ちついて対処するのはそれ以前に有効なことでござる」

キシュワードに剣を学んだとき、アルスラーンはそういわれたことがある。彼は獅子の黄色く光る両眼から視線をそらさず、右手にした長槍の感触をたしかめた。腕の筋肉にこわばりはない。一撃でしとめる。それがかなわぬときは左手で咽喉をかばい……。

ふたたび獅子が躍った。アルスラーンの右腕は持主の意思どおりに動いた。閃光が獅子の口に突き刺さる。

アルスラーンの長槍を噛み折ろうとして、獅子は失敗し、咽喉の奥まで突きぬかれた。鈍い咆哮と大量の血が宙に噴きあがり、大地へと落ちかかる。それに一瞬おくれて、獅子自身の巨体が宙で一転し、地ひびきをたてて落下した。

自分の呼吸と鼓動の音をアルスラーンは聴き、汗が湧くのを感じた。右手にしびれがあるのは、獅子に槍をもぎとられた衝撃であった。地に伏した獅子のたてがみから、血ぬれた槍の穂先が突き出ているのが見えた。

「獅子狩人アルスラーン！」

そう呼ぶ声がして、アルスラーンの眼前で黒衣の騎士が黒馬から降りたった。獅子に歩み寄り、口をつらぬいた長槍の柄を引きぬく。まだ凝固せぬ血が、あらたに草をぬらしてひろがった。ダリューンは両手で槍をかかげ、うやうやしく馬上の国王（シャーオ）に差し出した。アルスラーンがそれを受けとると、集まってきた将兵が歓呼とともに剣や槍で天を突きあげた。十八歳にして、アルスラーンは名誉ある「獅子狩人（シールギール）」の称号をえたのである。

「おみごと、アルスラーンどの、じつにおみごと」

必要以上の大声で、ラジェンドラ二世が激賞する。彼にとって人生とは神々の劇場であり、主役はつねに彼自身であるかのようだ。いうことなすこと、ひとつひとつ演技じみているが、それがどこまで政治的な効果をねらっているのか、それとも無邪気（むじゃき）なものであるのか。

「ご本人にもわからぬだろう」

というのが、ナルサスの評である。ナルサスにいわせれば、ラジェンドラのざれごとにひとつひとつ反応していては、かえって惑（まど）わされる。彼が何を望んでいるか、正確なところはわかりきっているので、それさえ押さえておけばよい。

ふたたび黒馬にまたがったダリューンが、ナルサスのほうに馬を歩ませてきた。アルスラーンと馬を並べたラジェンドラの後姿を見やり、ナルサスが冗談めかして語りかけた。

「そろそろシンドゥラの国王（ラージャ）陛下は陰謀の虫が騒ぎだす時期ではないか、という気もするな」

「さかりの時期が来たか」

「おいおい、仮にも一国の王だぞ」

「おぬしやおれの王ではない」

ダリューンはかつてシンドゥラの「神前決闘（アディカラーニャ）」でラジェンドラの代理をつとめ、死闘の末、王冠をラジェンドラにもたらした。恩人であるが、その後、自分の行為をしばしば後悔しているのであった。

さらに狩猟祭はつづき、三頭の獅子（シール）がしとめられた。アルスラーンは途中で一度、疲れた馬を交替させ、野を駆けめぐり、いつしか部下たちとはぐれた。彼にしたがうのは鷹（シャヒーン）の「告死天使（アズライール）」だけとなっていた。

「告死天使（アズライール）」が鋭い警告の叫びをあげた。同時にアルスラーンの目は、殺到（さっとう）してくる騎影（きえい）をとらえた。狂奔（きょうほん）する馬、それを駆る人間の憑（つ）かれたような表情、喚声（かんせい）をあげるために開かれた口。その口から叫びが放たれたが、それは単なる音のかたまりにすぎず、言葉として意味をなしていない。

アルスラーンは剣を抜いた。十四歳以来、連日、戦場を往来し、敵刃（てきじん）に身をさらしてきたアルスラーンである。不審を感じたとき、すでに身体（からだ）が反応していた。おそいかかる閃光をかわし、駆けぬけようとする相手の胴（どう）に白刃（はくじん）をたたきこんだ。人血（じんけつ）が陽（ひ）にかがやいた。

IV

一騎を馬上から斬って落とすと、アルスラーンは馬腹を蹴って包囲網の一角を突破した。さらに数本の白刃が若い国王めがけて追いすがってくる。叢を駆けぬけ、なだらかな稜線を躍りこえて、アルスラーンは味方に急を知らせた。

「暗殺者だ！」

それは大陸公路諸国の民にとって共通の名詞であった。稜線のむこうがわにいたパルス人もシンドゥラ人もいろめきたった。アルスラーンの部下で、もっとも彼に近い場所にいたのはエラムであった。彼は視線を移動させ、獣でなく人を狩ろうとする一団を発見した。

「陛下！」

叫ぶと同時にエラムは腰間の剣を引きぬき、馬を躍らせた。突進していくと、気づいた暗殺者のひとりが馬上で振りむいた。敵意の視線をエラムに突き刺し、弓に矢をつがえる。射放した瞬間、エラムは馬を斜行させ、馬上に身を伏せた。矢はうなりを生じてエラムの頭上を飛び去った。

エラムがふたたび身をおこし、突進する。彼が軽装で甲冑をまとわぬことを確認すると、暗殺者は弓を振りかざし、投げつけた。エラムが剣でそれを打ちはらう。暗殺者はわずかに時間をかせぎ、自分の剣を引きぬいた。だがそのときすでにエラムは敵に肉薄している。

エラムの剣が暗殺者の右肘に撃ちこまれ、関節をくだいた。暗殺者の右腕は一本の腱と皮膚だけを残して切断された。

暗殺者は馬上からもんどりうった。剣をつかんだままの右手に引きずられたような姿勢で。彼が大地に衝突したとき、彼の同志たちはアルスラーン王の部下たちの白刃によって包囲されていた。ジャスワントがひとりの咽喉を斬り裂き、アルフリードがひとりの頸部に致命傷を与え、ダリューンがひとりの胸を刺しとおして、ほとんど一瞬の間に暗殺者たちは全滅した。

「陛下、ご無事で？」

「大丈夫だ、傷ひとつない」

アルスラーンが元気よく答え、部下たちの労に感謝した。ナルサスやギーヴも駆けつけてきたが、もっともにぎやかな音と声をたてて駆けつけたのはラジェンドラであった。乗馬の一歩ごとに、飾りたてた金銀宝石が揺れて鳴りひびく。

「いやはや、パルスの国王を害しようとは、神々を畏れぬ奴らだ。仮にアルスラーンどのの政事に不満があるなら、堂々とその旨申し述べればよかろうに」

両手をひろげてラジェンドラは歎息し、それをおさめると陽気な声になった。

「だが心配なさるにはおよばんぞ、アルスラーンどの。パルスにおぬしの敵がいても、シンドゥラにはおぬしの味方がおる。この上なく頼もしい味方がな」

「いったい誰のことだ」

と言いたかったにちがいないが、国賓に対する儀礼を守って、ダリューンはどうにか沈黙をたもった。当のアルスラーンはというと、

「ラジェンドラどのの御好意、いつもながらありがたく存じます」

微笑をふくんで答えた。ごく自然に外交術を心得ているようでもある。暗殺者たちの出現は不祥事ではあったが、彼らの目的は未遂に終わった。狩猟祭は中断されず、続行されることになった。

暗殺者たちの死体がかたづけられた後、ラジェンドラは白馬から白象に乗りかえた。シンドゥラ国にも狩猟祭の様式がある。狩るのは獅子ではなく虎だが、王者は象に乗るようさだめられていた。ラジェンドラがつれてきた白象は、即位以来ずっと愛用している象で、気性が温順であった。ところがラジェンドラが宝石だらけの輿に乗ったとたん、白象は狂ったように咆哮し、あばれだしたのだ。

ラジェンドラ二世を乗せたまま、白象は暴走を開始した。地がとどろき、埃や草が人の

背よりも高く舞いあがる。前方に展開していたパルス、シンドゥラ、両国の兵士たちがおどろいて道を開いた。逃げおくれたシンドゥラの歩兵がひとり、不運にも踏みつぶされる。

「誰か予を助けよ！　予を助けよ！　予を助けた者にはアルスラーンどのが充分なほうびを下さろうぞ！」

必死に象を馭するべく試みながら、ラジェンドラが叫ぶ。アルスラーンにほうびを出させようというあたり、この危機にあって、ラジェンドラはまだまだ冷静さを残しているようであった。パルスの武将たちは顔を見あわせた。

「彼の御仁が落命したところで、さして心痛むわけではないが……」

ナルサスが苦笑する。エラムがまじめくさって意見を述べた。

「ですが国賓の身に危険がおよんでは、アルスラーン陛下の御威光に傷がつきましょう」

「そのとおりだ。ま、助けてさしあげるとしよう。目の前で象に押しつぶされるのもお気の毒だ」

いまひとつ、ラジェンドラを助けるべき理由がナルサスにはある。ラジェンドラがいなくなれば、ナルサスはシンドゥラ国に対する外交と戦略の基本方針を練りなおさなくてはならない。ラジェンドラは国内では暴君ではなく、気さくな人柄が庶民に好まれ、その治世はかなり安定したものであった。それはアルスラーンとパルス国にとっても悪い条件ではない。

「狼に育てられた者（ファルハーディン）」という異名を持つ、若く剽悍（ひょうかん）なイスファーン将軍が、アルスラーンの指示を受け、ラジェンドラを救うために馬を飛ばした。二十騎ほどの部下がそれにつづく。彼らのうち四騎は一辺十ガズ（約十メートル）ほどの大きな網をひろげ、その四隅（よすみ）を片手に持っていた。荒れ狂う猛獣をつつんでとらえるための網だが、これをひろげ、ラジェンドラを象の背から飛びおりさせようというのである。イスファーンは白象に並んで馬を走らせながら、象上の国王（ラージャ）に大声で呼びかけた。

「ラジェンドラ陛下！　この網めがけてお跳び下さい。たしかに受けとめてさしあげますゆえ」

ラジェンドラとしても、暴走する象から安全に逃げ出す術（すべ）が他になかった。一瞬ためらったが、思いきって玉座（ぎょくざ）から身を乗りだす。イスファーンの指揮する騎兵たちが、大きく網をひろげた。

ラジェンドラは跳んだ。風を切って落下し、網の上に身を投げ出す。網は大きく揺れたが、シンドゥラ国王の身体を地上寸前でささえた。白象は濛々（もうもう）たる砂煙を残して走り去り、シンドゥラの兵士たちがそれを追っていく。傷ひとつ受けずにすんだラジェンドラが、安堵（あんど）の溜息（ためいき）をついて網の上から地に降りたった瞬間であった。何気なく近づいたパルス人のひとりが、にわかに短剣(アキナケス)を抜いてラジェンドラの咽喉(のど)に押しつけたのだ。ラジェンドラははがいじめにされてしまった。

「きさま、何をするか」

イスファーンが剣の柄(つか)に手をかけると、狂気の灯火を両眼にちらつかせながら男はわめいた。

「さわぐな！　シンドゥラ国王の生命を救いたくば、宝剣ルクナバードをよこせ」

「何？」

「シンドゥラ国王の生命と、宝剣ルクナバードとを引きかえだ。アルスラーン王にそう伝えろ！」

「あ、ほ、うか、お前は」

思わずイスファーンは正直な反応をしてしまった。彼だけでなくパルスの武将たちにとって、シンドゥラ国王の生命など、宝剣ルクナバードの鞘(さや)にぬられた塗料(とりょう)のくずにもおよばない。彼がラジェンドラを救おうとしたのは、アルスラーンの命令があったからで、けっして進んでのことではないのだ。

「ルクナバードを渡さねば、こやつを殺しておれも死ぬまでだ！」

暗殺者の短剣(アキナケス)がラジェンドラの浅黒い咽喉に突きつけられた。細く鋭い切尖(きっさき)がわずかに鎖骨上方にくいこむ。ラジェンドラがわめいた。

「おい、パルス人、アルスラーンどのに交渉してくれ。夜ごと安らかな眠りにつくためには、親友を救うべきだ、と」

ちょうどそこへ駆けつけたアルスラーンは、事情を知ると一議なくうなずいた。

「ラジェンドラどのは、わが盟友。そのお生命は何物にも代えられぬ」

「へ、陛下！」

「受けとれ、ルクナバードだ」

アルスラーンが腰の剣を鞘ごと抜きとった。ナルサスやダリューンが一瞬、表情を動かした。イスファーンが身動きしようとするのを、無言でエラムが制止する。

アルスラーンが鞘ごと剣を投じた。暗殺者の頭上めがけて。暗殺者が狂喜の叫びを放ち腕を伸ばしてそれをつかみかけた。指先が鞘に触れた瞬間、表情が激変した。「ちがう」と叫ぶ形に口が開かれ、開いたままの口から苦痛と怒りの絶叫が放たれて暗殺者は地に倒れた。胸に深々と矢が突き立っている。ギーヴが放った矢であった。倒れた暗殺者の身体に、剣が落下した。ただの剣である。宝剣ルクナバードではない。暗殺者の注意をそらすため、とっさにアルスラーンが演技したのであった。無害となった死者をにらんで、ダリユーンがナルサスにささやいた。

「こやつの面、見おぼえがある。何とやらいう貴族の子弟だ。あらたな政事を逆恨みしてのことか」

「そのあたりだろう。だが、こいつらに弑逆をなすだけの勇気があるとは思わなかった」

あるいは何者かに使嗾されたか。想像するにつれ、ダリューンの眉はけわしくなる。

「いや、アルスラーンどの、おかげで助かった。おみごとな才覚、感銘いたした」

ラジェンドラの賛辞に礼をもって応えながら、アルスラーンはやや心楽しまぬようすであった。やむなしとはいえ、彼に似あわぬ詐略を用いてしまった。それに、自分の政事をこのような形で否定されるのも衝撃的であった。

「背後の事情をくわしく調査させましょう。イスファーン卿を任にあたらせます」

ナルサスの声で、気をとりなおしたようにアルスラーンはうなずく。ナルサスは暗殺者の死体の傍に片ひざをついた。エラムがやはり片ひざをついて師を手伝おうとする。自分自身にともエラムにともつかず、ナルサスがつぶやいた。

「背後にたとえ何者がひそんでいようとも、アルスラーン陛下の政事が確固として正しいものであれば、彼らが世を覆すことはできぬ。反対を恐れて志をつらぬけぬことこそ恐れていただきたいものだ」

あらためてナルサスは愛弟子の名を呼んだ。

「エラム」

「はい」

「人が人の世を治めるからには、至らぬところも当然出てくる。だがそれに乗じて世を乱そうとする輩につけこまれぬよう、お前にもしっかり頼むぞ」

「はい、できるだけのことはいたします」

ナルサスはエラムに暗殺者の死体をかたづけさせた。ほどなく白象がとらえられ、玉座と象の背との間に、棘を持つ木の枝がさしこまれていたことが判明した。一連の不祥事にアルスラーンは眉を曇らせた。

狩猟祭が終わりに近づき、本陣にもどってきたとき、ナルサスが、直接いまの事態には関係のないことをアルスラーンに問いかけた。

「もしミスル国の奴隷が逃亡してディジレ河を渡り、陛下に、ミスル国の奴隷すべてを解放するために攻めこんで来てくれと願い出たら、いかがなさいますか」

仮定の話にすぎないのだが、真剣な表情でアルスラーンは考えこんでしまった。ダリューンにいわせれば「陛下の長所」であるが、場合によっては短所となるであろう。

「気の毒だが、応じるわけにはいかない。ミスルと全面的に戦うことは避けねばならぬ」

「けっこう。それでその逃亡奴隷はどうなさいます？」

「家と土地を与えよう」

「お甘い」

静かに、だが鋭くナルサスは断じる。ミスルとの和平という選択をなした以上、事は徹底せねばならぬ。逃亡奴隷は苦痛を与えずに殺し、首をミスルに送りとどける。そうしてこそミスルの信用をえることができるだろう。

「奴隷解放は侵略の大義名分になりえます。唯一神イアルダボートに対する信仰が、ルシタニアにとって、他国に攻めこむ大義名分となったように」

「私は他国に攻めこみなどしない」

「承知しております。ただ、諸外国がどう思うか、それはべつのことでございます」

パルスは奴隷制度を廃止した。諸外国が恐れるのは、奴隷制度廃止の大波が自分たちの国をのみこみ、社会制度をくつがえすのではないか、ということである。

「陛下はパルス国の統治者であられます。まずパルス国の平和と安寧を守りたもう責務がございます。奴隷制度を廃止するのは正義ではございますが、他国に正義を押しつければ争乱となり、血が流れます」

ナルサスは小さく頭を振った。

「正義とは酒に似ております。まことに心地よく人を酔わせてくれますが、ひとたび度をすごせば、自分を滅ぼし、他人を巻きぞえにいたします」

「注意しよう。ナルサスも巻きこまれたくないだろう？」

「他人が巻きこまれるのを見物するのは好きでございますが」

ナルサスが答えたとき、シンドゥラ語の叫びがあがった。シンドゥラ兵がラジェンドラ王のもとに旅装の男をつれてきたのだ。何やらあわただしげな会話が、シンドゥラ人たちの間でかわされると、ジャスワントが緊張した表情でアルスラーンに告げた。

「シンドゥラの国都よりラジェンドラ王のもとに急使がまいりました。どうやらチュルク国がにわかに兵をおこし、カーヴェリー河の上流に攻めこんできたようでございます」

V

チュルクは地理的にパルスの東、シンドゥラの北、トゥラーンの南に位置する。草原と熱砂にはさまれた山岳の国で、パルスとシンドゥラの国境をなす大河カーヴェリーはこの国に源を発する。高山が万年雪と氷河を抱き、その間に谷間や盆地をかかえこみ、地形はまことに複雑である。

もともとチュルク人はトゥラーン人と祖先を同じくし、大陸の奥地を集団で移動しつつ牧畜を営んでいた。それが五百年ほど昔、族長の地位を争って二派に分裂し、追われた一派が草原から山間へと逃げこんだ。山地は不毛だが、谷間や盆地は比較的肥沃で、岩塩や銀も産し、チュルク人は安住の地をえて国力を充実させた。各国と外交関係も結び、シンドゥラやトゥラーンと同盟してパルスに侵攻したこともある。この四、五年ほどは対外的には鳴りをひそめ、国境をかためて孤立していた。パルスにはチュルクの国情をさぐる余裕もなかったが、王位をめぐってかなり深刻な暗闘があったらしい。結局、現在の国王カルハナが王位を守りきったのだが、その間、国内の混乱をついに他国に知られなかったあたり、カルハナの器量もすぐれているのであろう。

ひさしぶりにチュルク軍が動いた。しかも兵を動かすとともに、カーヴェリー河の上流から毒を流し、人や羊を殺しているという。

「上流から毒を流す？　そこまでやるか！」

ラジェンドラは黒い顔を赤くして叫んだ。彼は厚顔で狡猾な男だが、けっして無用に残忍ではないので、そのような話を聞くと義憤に燃えるのである。ただし、その燃料となるのは、打算であることが多い。

「アルスラーンどの、シンドゥラとパルスは盟友。盟友とは共通の敵を持ち、たがいに助けあうものだ。チュルクに対し、手をたずさえて起つことこそ、盟友の証ではあるまいか」

「おっしゃるとおりです」

部下たちがしきりに目くばせしたり頭を振ったりするのに気づいてはいたが、アルスラーンはそう答えた。何よりもチュルク軍のやりくちが気にいらぬ。

「カーヴェリー河に毒を流されたりしては、わが国の開拓農民たちにも害がおよびます。いずれチュルク宮廷と交渉するにしても、さしあたり、攻めこんできた軍隊を追いはらわねばなりますまい。ただちに兵を動かしましょう」

「おお、アルスラーンどの！　さすがわが心の友じゃ」

パルスの名だたる武将たちは顔を見あわせた。彼らの主君はこういう人であった。

大河カーヴェリーも河口から二百四十ファルサング（約千二百キロ）をさかのぼると、さすがに河幅が狭くなる。とはいっても、五十ガズ（約五十メートル）から百ガズの広さはあり、矢を射ても対岸にとどくとはかぎらない。シャフリスターンの野に展開したパルス軍とシンドゥラ軍は、そのままふたりの国王に統率され、カーヴェリー河西岸を北上していた。

「先月はディジレ河でミスル軍と戦い、今月はカーヴェリー河でチュルク軍と戦うか。来月はどこで何者と戦うか、やれやれ、見当もつかぬわ」

ダリューンがいう。彼が戦いを恐れるわけもないが、主君であるアルスラーン王がラジエンドラと行動をともにしている点について多少いいたいこともある。

「陛下はお人がよすぎる」

そう思うが、アルスラーンの長所がまさにその点にあることをダリューンは知っている。油断のない偏狭（へんきょう）なアルスラーンなど、ダリューンは考えたくもない。ナルサスやダリューンがきちんと補佐していけばよいことだ。そう結論づける黒衣の騎士であった。

十月十五日、パルス軍とシンドゥラ軍は、チュルク軍に遭遇した。先行したエラムの偵察により、一万人近いチュルク軍が渡河しつつあることを知り、その場に急行したのだ。

「鉄門（カラ・テギン）でございます」

ダリューンがアルスラーンに説明する。かつての絹の国（セリカ）に旅した経験から、ダリューンはパルス東部国境一帯の地理にくわしい。鉄門とはよく名づけたもので、鉄分を多量にふくんだ黒い巨岩が壁のように河の両側にそそりたっている。岩は高さ百ガズ（約百メートル）にもおよぶ断崖となって河面に落ちこみ、河流は全力疾走する馬よりも速く、かつ荒々しい。

鉄門は、パルス、シンドゥラ、チュルク、三国の国境が接する地上の点だが、パルス側はとくに守備兵をおいてはいなかった。鉄門に橋はなく、この断崖と激流とをこえて侵攻してくるとも思えなかったのである。だが、いま、チュルク軍はこの難所をあえて選び、渡河攻撃をしかけてきたのだった。

チュルク軍の投石器が、馬の頭部ほどもある大きな石をつぎつぎと空中にうち出す。石は太い革紐(かわひも)で縛(しば)られている。重い音をたてて石は対岸の地面に落下する。すると河面に張りわたされた革紐をつたって、チュルク兵が渡ってくるのだ。小さな車輪を革紐にすべらせ、車輪からさがる鉤(かぎ)に片手をかけて、つぎつぎと渡ってくる。まるで曲芸であるが、感心してもいられない。平地を走るより速くチュルク兵は河を渡り、みるみるその兵力は増強されていく。

一方、にわかには算(かぞ)えることもできぬ数の小舟が河面に群らがり、チュルク兵が渡河してくる。舟で鉄門の急流を渡るのは不可能に近いが、鎖を谷に渡し、舟からその鎖に太い綱をかけ、鎖にそって舟を漕ぐのである。

「用意周到なことだ。よほど以前からたくらんでおったと見えるわ」

ラジェンドラが舌打ちし、兵に命じて、チュルク軍に激しく矢を射かけさせた。「鉄門(カラ・テギン)の戦い」がこうしてはじまった。

当然のことチュルク兵も矢を射返してくる。ポプラに細い山羊(やぎ)の革を巻きつけ、山羊の油にひたして乾かした短弓を使う。しかも鏃には毒がぬってあるので危険きわまりない。パルス軍とシンドゥラ軍は盾を並べてチュルク軍の矢をふせがなくてはならなかった。ナルサスが若い国王に進言する。

「長いことつきあってはおられませぬ。先のことはともかく、ここは多少あざといやりくちでも、早目に勝っておくといたしましょう」

国王が王都を留守にして国境で長いこと戦っていては、国政全般によくない影響を与える。まして最初から征戦の計画をたてていたわけではなく、狩猟が戦闘に変わったのである。二万余の兵をやしなう食糧も不足している。ナルサスとしては、このように準備不足の戦いを長期化させるわけにはいかなかった。

「ナルサス、申しわけないが頼む」

アルスラーンがいうと、やや苦笑まじりにナルサスは一礼し、エラム、アルフリード、ジャスワント、イスファーンらを集めて何やら指示を与えた。

渡河に成功したチュルク軍は、ひときわりっぱな甲冑をまとった指揮官の指示ですばやく隊形をととのえ、槍先をそろえて攻めかかってきた。アルスラーンは知らなかったが、この人物はゴラーブといい、チュルク軍における高名な将軍のひとりであった。パルス軍とシンドゥラ軍は盾を並べて壁をつくり、ふせぎつつ後退した。中央部隊が正面から敵と戦って引きつけている間に、エラムら四人は三百人の弓箭兵をひきいて上流へまわった。風上の高い岩場からまず谷めがけて油をまき、チュルク軍の革紐を油にぬらしておき、それをめがけて火矢を放たせた。

火は油に燃えうつり、革紐をつたって走った。チュルク兵の手に火がつき、皮膚から煙があがる。苦痛と恐怖の絶叫が岩々に反響し、チュルク兵はつぎつぎと転落していった。革紐自体が異臭とともに焼けきれると、何十人ものチュルク兵が紐にしがみついたまま落ちていく。下は岩を嚙む激流である。チュルク兵は水面に激突し、流れに運び去られていく。

革紐の橋百本ほどがすべて焼け落ちてしまうと、カーヴェリー河の西岸に到達したチュルク兵三千人あまりは孤立してしまった。もはや味方の援軍は来ず、退路も絶たれてしまったのである。アルスラーンは降伏するよう呼びかけたが拒絶されたので、ダリューンに攻撃を命じた。

ダリューンの斬撃は、鋼の雷光となってチュルク兵を撃ち倒した。ジャスワントとイスファーンがそれにつづき、敵中に馬を乗りいれ、左右に白刃を振りおろす。チュルク軍の甲は山羊革でつくられ、刃がとおりにくいので、顔面や頸すじをねらって斬りつけ、噴きあがる人血が岩場を赤黒く染めた。

「出番なしだな、これは」
見物しながら、ギーヴが前髪をかきあげる。どうせ戦うなら目立たねば損だ、と、この吟遊詩人は思っているのだった。この戦いではどうやら彼にふさわしい出番はなさそうであった。ファランギースもアルスラーンの傍に馬をたてて、黙然と血戦場を見おろしている。だが無言のまま、にわかに弓をとって矢をつがえ、チュルク軍の一角めがけて射放した。

岩の上に立って兵士を指揮していたチュルク軍の将軍ゴラーブがうめいた。百歩をへだてて、ファランギースの矢は彼の右手から大刀をはね飛ばしたのである。

さらにイスファーンが槍を投じた。風を裂き、うなりを生じて槍は飛び、ゴラーブ将軍の胸甲に命中した。鈍い音をたてて槍がはね返る。山羊の革をかさねて間に鎖を編みこんだチュルクの甲は、みごとに槍先を防いだのだ。だがさすがに衝撃をすべて吸収することはできなかった。肋骨に痛みをおぼえて、ゴラーブ将軍は岩の上でよろめいた。そこへダリューンが黒馬を乗り寄せ、ゴラーブの襟首をつかんで後方へ投げ飛ばした。

ゴラーブは地にたたきつけられ、パルス兵がそれにむらがってたちまち縛りあげてしまった。ゴラーブとしては、じつにみぐるしいとらわれかたとなってしまったが、ダリューンの豪剣に斬りさげられずにすんだのは幸運というべきであった。

ゴラーブが捕虜となったことが判明すると、生き残りのチュルク兵は抗戦の意志を失った。半数は武器をすてて降伏し、半数はカーヴェリー河の流れにそって逃げ散った。パルス軍とシンドゥラ軍はチュルク兵千人あまりの首級をあげ、凱歌をあげたのである。

アルスラーンとラジェンドラのもとに、捕虜となったゴラーブ将軍が引きずってこられた。ふてくされたような表情のチュルク人にアルスラーンは問いかけた。

「何ゆえに境を侵し、罪なき民を害したか。チュルク国王の意図は何か。申してみよ」

「知らぬ」

というのが返答である。山羊革の甲をまとったチュルクの将軍は、国王の命令を受けて奇襲をかけてきただけで、戦いの目的が奈辺にあるか教えられていなかった。

「聞きたくば、われらが国王に聞け」

傲然といい放って、縛られたまま胸をそらす。死ぬ覚悟はできているのであろう。ラジェンドラは、ゴラーブの首を蜜蠟漬けにしてチュルク王のもとへ送りつけることを提案した。アルスラーンは彼を制した。殺す以外にないとしても、ナルサスが最善の方法を考えるであろう。

疑念がある。これまでパルスの東西両方向に位置する国々が、同盟してパルスに侵攻した例はない。同盟を結ぶための使者がパルス国内を通行せねばならず、それはきわめて困難なことであった。だが今回はどうか。西のミスルと東のチュルクとが、ほぼ同時に兵を動かしたのは偶然なのだろうか。

「まったく急に事件(こと)が多くなったものじゃ」

女神官(カーヒーナ)ファランギースが、鉄門の巍々(ぎぎ)たる岩壁をながめやりながらつぶやいた。

「さよう、あるいは午睡(ひるね)の時がすぎたのでもござろうか」

そう応じながらギーヴは考えている。チュルクの女に美人はいるだろうか。それも、できれば財布が重すぎて困っているような美女は、と。

第三章　野心家たちの煉獄（れんごく）

I

パルス王国の西北方に境を接するマルヤム王国においては、この当時なお不運と災厄が黒々とした翼をひろげて国土をおおいつくしている。

マルヤムはパルスほど富強の大国ではなかったが、それなりに安定した歴史と実力を築いてきた。周辺諸国との外交関係もよく、パルスとは長く友好をたもってきた。マルヤムはイアルダボート教を信仰する国であったが、穏健な東方教会が宗教を指導していたのである。異教徒ともまじわり、彼らの居住も認め、共存をつづけてきた。

その平和が破れたのは、ルシタニアの侵略によってである。同じくイアルダボート神を信仰するはずのルシタニアは、兄弟の国を攻め滅ぼし、ニコラオス王をはじめとする王族と聖職者を殺戮した。王弟ギスカールがいた間は、政治的必要と見せしめ以上の殺人はなかったが、総大主教ボダンがパルスより帰ってからは、殺戮の暴風がマルヤムにおいて吹き荒れるにいたった。異教徒が殺され、彼らと交際や取引をしていた者たちが背教者として殺された。密告が奨励され、「異教徒と親しくしていた」と噂されただけでとらえられる。拷問にかけられ、耐えかねていつわりの告白をすれば火刑。告白せねば結局、拷問によって殺された。十万人あまりが殺されたころ、パルスからギスカールが帰ってきたのだ。

　ルシタニアの王弟ギスカールは、パルス暦三二四年、三十九歳である。王弟とはいっても、国王イノケンティス七世は三年前にパルスで死亡し、現在のところ空位時代にはいっていた。ギスカールが新国王を名乗ってもよいはずであったが、そうはならなかった。イノケンティス七世の死はパルスの新王アルスラーンによって公表されたが、「異教徒の虚言である」としてボダンがそれを認めず、教会法によってイノケンティスはまだ生存しているということになっているのだ。

　かつてギスカールは王弟としてルシタニアの政権と軍権とを一手に掌握し、事実上の国王であった。だが、梟雄としての本領を発揮したのは、むしろ兄の死後であったかもしれない。一度はパルスの半ばを支配しながら、十か月後にはすべてを失ったギスカールであった。パルス軍は彼を完敗させ、身体ひとつでマルヤムへと追放したのである。殺さなかったのは、パルスの宮廷画家とやらいう人物が、ギスカールに利用価値を見出したからであった。彼をマルヤムに帰し、ボダンの勢力を牽制させようというのである。

ギスカールとしては、パルス人たちの思惑に乗らないかぎり、前途というものがない。マルヤムに帰り、ボダンと対決して自分の権力を回復しようとした。

彼がマルヤムに帰ったのは、パルス暦にすれば三二一年秋のことである。麾下の大軍をことごとく失ってしまったので、大きな顔もできず、ひそかに国境をこえた。旅をつづけながら、どのようにボダンを失脚させようか、と策をめぐらしたのだが、よい思案も浮かばぬうちに、巡察のルシタニア兵にとらわれてしまった。下級の兵士たちはギスカールの顔を知らず、あやしげな旅人を乱暴にあつかったが、身分の高い騎士が王弟殿下の姿を見ておどろくことになる。「王弟殿下ご帰還」の報は、マルヤムの都イラクリオンにとどいた。いまや大司教ではなく「教皇」と称するボダンは、強力な政敵を滅ぼす方法を考えた。

ボダンが考えだした方法は、邪悪なほど狡猾なものであった。彼はおもだった聖職者や貴族を集め、おごそかな表情でつぎのように告げたのである。

「王弟ギスカール公はパルスで異教徒どもと戦って死んだ。壮烈なる戦死、否、神の栄光を護るために、崇高なる殉死をとげたのである。いまギスカール公と名乗ってこのマルヤムにあらわれた流浪の男は、王弟に似ているだけの、まっかな偽者である。こやつは異教徒の命を受け、われらイアルダボート教徒の間に分裂と抗争の種をまくためにやってきたのだ。とうてい赦すわけにはいかぬ。重罪人としてあつかうべし」

ギスカールはイラクリオンに送られず、そのまま囚人としてトライカラの城塞に送りこまれ、地下牢に放りこまれてしまった。トライカラの城塞は湿気の多い荒涼とした谷間にあり、夏は蒸し殺されるような熱湿、冬は骨を凍えさせるような冷湿の不健康地であった。ここに送りこまれた囚人は一、二年で衰弱死するのが常であった。

これでよし、と、ボダンはほくそえんだ。マルヤムにおける彼の勢力と権威は圧倒的なものであった。だが完全ではなかったのだ。ボダンに対して反感を持つ者もいたし、ギスカールが真物の王弟ではないかと考える者もいたのである。彼らは少数派であったが、ギスカールが指導者となってくれれば、その権威と実力とによってボダンの恐怖政治をくつがえしてくれるだろう。そう彼らは期待した。

ランチェロという騎士がいる。いちおう伯爵家の出身である。彼は一家の長男であったが、母親の身分が低かったため、弟が家督をついだ。ランチェロにしてみれば、当然自分のものであるのに、当主の地位を横どりされたのである。納得できなかった。せめて財産を二分するよう願ったが、それも受けいれられなかった。教会には、ランチェロの弟から多額の寄進がなされていたのである。騎士の身分はようやく守ったものの、ランチェロはほとんど一文なしになってしまった。

「このまま教皇の支配がつづけば、とうていおれは浮かびあがることができぬ。いっそ、おれの人生を、ギスカール公と名乗る男に賭けてみようか。事がうまく運べば、あの男はマルヤムとルシタニアの新国王。そしておれは宰相だ！」

どれほど宗教的権威と恐怖とでしめあげても、人間の野心や気骨を消しさってしまうことはできない。騎士ランチェロは決意をかため、ギスカールを救出すべく計画をたて、同志を集めた。

集まった者は意外に多数であった。ボダンの支配がつづくかぎり浮かびあがれぬ、と考える者は、至るところに息をひそめていたのだ。彼らはギスカールのもとで出世する夢をいだき、熱心に準備をすすめた。資金を出す者がおり、武器を提供する者がいて、計画は順調に進んでいった。だが。

ランチェロは勇気と慎重さとの均衡に、やや欠けるところがあったようだ。彼が信頼して何かと相談した相手は、ウェスカという騎士であった。能弁で才覚のある男であったが、じつは彼はボダンに通じていたのだ。「このままでは浮かびあがれぬ」と考えていた点では、彼はランチェロと同様であった。ただ、ランチェロはボダンに反逆することで浮かびあがろうとしたが、ウェスカはそのランチェロを裏切ることで浮かびあがろうとしたのである。

ウェスカの密告によって、ランチェロはボダンの部下にとらわれ、すさまじい拷問にかけられた。爪の間に焼けた鉄釘を突きさされ、歯を引きぬかれた。ランチェロは耐えたが、三本めの歯を引きぬかれたとき、ついに屈して、血まみれの口で白状した。計画についてしゃべり、同志についてしゃべった。

ボダンの配下はランチェロの仲間たちを急襲した。半数を殺し、半数をとらえた。殺されたなかにランチェロの弟もいた。彼は無実を叫び、逃げ出そうとしたところを背中に投槍を突き刺されて即死したのである。

ランチェロは処刑されなかった。拷問によって衰弱していた身体は、火の気のない牢獄の寒気に耐えきれなかったのである。彼が肺炎によって死んだのは、処刑予定日の前夜であった。彼の遺体は埋葬されず、城外の野に棄てられて、野犬や鴉の餌にされた。

ランチェロは結婚していなかったが、愛人はいた。ルシタニア人とマルヤム人との間に生まれた女で、容貌はどうにか美人といえるていどだったが、踊りがうまく、気性が烈しかった。彼女はランチェロの復讐をとげるべく計画をたてた。正式に結婚していなかったため、連座せずにすんだのが幸いした。彼女は長い金髪が自慢だったが、それを短くして黒く染め、踊り子としてウェスカに近づいた。ウェスカは彼女の踊りと、それによって鍛えられた肢体に惹かれ、彼女を自邸の寝室に呼びこんだ。

舌を噛みきられたウェスカの死体が、従者によって発見されたのは、その翌朝である。

窓が開け放たれ、寝台の柱には引き裂かれたシーツが結びつけられて窓の外まで伸びていた。何ごとが生じたか明白であった。ウェスカの部下たちは犯人の行方をけんめいに探しまわったが、ついに発見することができなかった。彼女は復讐の目的をはたして自殺したとも、尼僧院に匿まわれたとも、小舟に乗ってマルヤムから脱出したとも、さまざまに噂されたが、真相は不明である。

とにかくランチェロが死に、ウェスカが殺され、関係者が多く処刑されて、一件は落着したかに見えた。ボダンは安心し、いよいよ「神を畏れぬ偽の王弟」を殺害する準備にとりかかった。公然と処刑するのではなく、牢内で毒殺しようというのである。

だが、その寸前にギスカールは牢から脱出したのだ。

トライカラの城守はアリカンテ伯爵といい、ボダンの命令をひたすら守るだけの凡庸な男だった。彼は夫人との間に子が生まれなかったので、夫人の甥にあたるカステロを相続人とした。ところがアリカンテ伯爵がマルヤム貴族の娘を愛人にしたところ、男児が出生したのである。アリカンテ伯爵は狂喜し、カステロから相続権をとりあげてしまった。むろんカステロは怒った。そして結局、カステロが第二のランチェロとなったのである。

もともとカステロはギスカールの境遇に同情していたこともあり、牢内の彼とひそかに連絡をとって、ついに逃亡を成功させた。これがパルス暦でいうと三二二年四月のことである。

ギスカールの脱出を知ったアリカンテ伯爵は蒼白になった。彼はボダンの怒りを恐れるあまり、虚言を用いて、ギスカールが病死したと報告した。ボダンは喜んだが、その喜びが怒りに変わったのは六月のことである。マルヤムの西部海岸にあるケファルニスの城塞がギスカールによって占拠され、そこに三千人の反ボダン派が結集したのだった。

アリカンテ伯爵を都に呼びつけて処刑し、ようやく怒りがおさまると、ボダンは戦慄した。最大の敵手を野に放ってしまったのだ。ギスカールは王族として生まれ、長じては政治と軍事とに力量をしめし、兄王にまさる人望をえた。そしていま復讐者としてボダンの前に立ちはだかってきたのである。

「かのギスカールと称する者は偽者である。だまされてはならぬ」

ふたたびボダンは宣言したが、ギスカールから「ボダンを打倒せよ」との檄文を受けとった者たちの間には動揺がひろがった。それはたしかに王弟殿下の筆跡であったからだ。

ギスカールとしては、ボダンごときと互角な立場で権力を争うなど、恥辱のきわみでしかない。かつてルシタニア軍の総帥として四十万の大軍を統率した身が、何と落ちぶれはてたことか。ケファルニスの城壁から海をながめながら、彼は自嘲するのだった。

だが過去の栄光をかえりみても無益なことであった。ボダンを斃してマルヤム全土を手にいれる。すべてはそれからだ。人生の前半を空費してしまったようだが、後半生の目的ができたと思えばよい。

牢獄での苦労から回復すると、いちだんと精悍さをましたギスカールは、まず手紙による外交攻勢に出た。一日に何十通も手紙を書いて有力者のもとにとどけさせ、「ボダンを打倒せよ」とけしかけた。ケファルニスの城は、陸にも海にも通じている。あらゆる通路を伝って、ギスカールの密書はマルヤムの国内各地にとどけられ、反ボダンの気運が高まっていった。

もともとボダンに、地上の王国を統治するための構想などなかった。旧マルヤム王国の法律は廃止されたが、それに代わるあたらしい法律は制定されぬままである。地方に派遣された司教たちが、知事と裁判官を兼任し、イアルダボート教の聖典と自分の判断にもとづいて行政と裁判とをおこなっていた。犯罪や叛乱に対しては軍隊をさしむけるわけだが、それにも聖職者が同行し、ああせよこうせよと指図するので、騎士たちのなかには嫌気がさした者も多くいたのである。

ギスカールはボダンとの間に一戦を望んだ。一戦してギスカールが勝てば、ボダンの権威など、雨に打たれた砂の城も同様である。離反者が続出し、あっという間に崩壊してしまうであろう。

ギスカールは彼に忠誠を誓った者のなかから十二名を選び、書簡をそえて、故国ルシタニアに赴かせた。事情をくわしく説明し、救援の兵力を求めたのである。彼らは船をしたててマルヤムの海岸から出発した。

だがルシタニア本国から救援の兵はやって来なかった。どうにか事情が判明したのは一年後のことである。

使者たちの船は嵐や海賊や壊血病に悩まされながら、四か月をかけてようやくルシタニアの港に到着した。ここで使命は半ば成功したはずであったが、ルシタニアの状勢は想像よりはるかに悪化していた。王族と四十万の軍隊が国を留守にした後、いちおう十人の貴族と聖職者とが摂政会議をつくって国を統治していたのだが、一年で箍がゆるんだ。二年で弾けた。領地争いのもつれから感情的な対立がおこり、派閥が生じて抗争となった。二派が四派にわかれ、四派が八派となり、それぞれが打算によって連合し、千人単位の軍隊どうしで戦いをおこす。領地争い相続争い、その他あらゆる争いが党派と結びついた。

マルヤムからの使者たちは歓迎されるどころか、疑われ、攻撃され、苦労も実らず、ほうほうの態でギスカールのもとへ帰ってきた。無事に帰りついたのは、出発した人数のようやく半分であった。

「援軍を出すどころではございませぬ。むしろ心ある者はギスカール殿下のご帰国を待ち望んでおります。殿下でなくては、ルシタニアの混乱を鎮めること、とうていかないませぬ。いっそマルヤムはボダンめのなすにまかせ、ご帰国なさってはいかがでございましょう」

一年待ったあげくがこの報告である。ギスカールは失望せずにいられなかった。使者たちの進言にしたがい、ルシタニアに帰国しようか、とも考えた。だが、四十万の大軍をこぞって国を出ながら、手ぶらで帰国するなどとうていできるものではない。せめてマルヤムだけでも手に入れねば、ルシタニアに残された者たちも承知せぬであろうし、ギスカールの誇りも許さぬ。負け犬のままではいられない。ギスカールは腹をすえた。

II

腹をすえると、ギスカールは精力的に活動しはじめた。ボダンを倒し、正式にマルヤム国王として戴冠し、いずれはふたたびパルスをうかがってくれよう、というのである。ルシタニアへ送った使者の帰還を、彼は一年間待ちつづけた。その間、城にこもって昼寝をしていたわけではない。どのようにしてボダンに勝つか、勝った後どうするか、考えぬいていたのだ。そして毎日のように、手紙を書いて、およそ地位と影響力のあるルシタニア人にかたはしから送りつけた。ボダンの専制的な支配や一方的な裁判に不満のある者に対しては、「自分がマルヤムを統治するようになったら、裁判をやりなおし、おぬしに有利にとりはからおう」と申し出た。

それだけではない。ボダンの忠実な支持者に対しても密書を送った。「自分にしたがえば厚く報いるぞ」という内容のものだが、さまざまな細工をほどこしたのだ。「すでに誰それは自分に服従すると申し出ている」とか「誰それは何月何日に叛乱をおこす予定だ」とかいう内容の密書を、特定の人物にとどけたり、わざと落としてボダン派の手にはいるように仕組んだ。このような策は、それにおぼれる危険性もあるが、ギスカールは心をくだいて事にあたった。その結果、ボダン派の有力者ふたりまでが、ギスカールに内通する者とみなされ、あいついで暗殺されるにいたった。ボダン派がたがいに猜疑しあい、動揺するのを見すまして、ギスカールはつぎのような布告を発した。

「教会の所有する領地は、半分を王室のものとするが、半分は功績ある者に分与する。また金銀財宝の類は、すべて、手にいれた者の所有権を認める。以上、ルシタニア王室の名において約束するものである」

教会に対する略奪行為を、ギスカールはけしかけたのであった。まさしく神を畏れぬ行為であったが、清貧を旨とする教会が金銀財宝をためこんでいるほうがおかしいのだ。神につかえる聖職者たちが、騎士や農民より贅沢な生活をしていることこそ奇怪というべきなのだ。慢性的にくすぶっている聖職者たちへの不満を、ギスカールはたくみに利用したのであった。

こうして二か月の間に、百をこす教会がギスカール派におそわれた。大小の宝石をちりばめた祭壇、黄金づくりの燭台、金貨、絹、小麦や馬など、教会が所有していた多くの財産が掠奪され、建物には火が放たれた。おそわれずにすんだ教会も動揺し、一部がギスカール陣営に加担した。

ギスカールは聖職者たちのなかから適当な人物を選び、大司教の称号を与えた。ボダンが聖職者の任免権を独占していたが、それに対して公然とさからってみせたのである。ボダンの権威が絶対不可侵などではないぞ、ということを国じゅうに宣言してみせたのだ。ルシタニア人たちは動揺をつづけていた。彼らに支配されているマルヤム人たちは息をのんで事態を見守った。そして掠奪を受けた教会は、悲鳴をあげて教皇ボダンに救いを求めた。ボダンとしては、幾重にもにがにがしい。彼は権威と権力には執着したが、金銀財宝に対してはそれほどでもなかった。教会が財産をためこむことには感心しなかったのである。

「破門された背教者どもには神罰が下るであろう。だが聖職者も心せねばならぬ。地上の富など、神の僕には必要なきもの。奪われたことを歎くでない」

そうお説教し、あらためて「偽ギスカール」に破門を宣言した。ギスカールは平然としていた。

「このおれが健在であること、それ自体が証拠だ。神の名を騙るボダンなどに破門されたところで、神罰など下らぬ。それどころか、欲の深い堕落した聖職者どもから不浄の財をとりあげることは、神の御心にかなうものだ。そのことはボダンでさえ認めておる。おおいにやるべし」

ギスカール派はさらに教会への襲撃をつづけた。彼らだけではない。ルシタニア人の支配に反感をいだくマルヤム人の集団、さらには盗賊たちまで、ギスカール派の名を使って教会をおそった。むろんボダンは軍隊を派遣して「背教者ども」を討伐しようとしたが、すっかり士気は低下している。形ばかり出動したあげく、自分たちで教会の財産を奪い、村を焼いて農民を殺し、彼らの首をとって「背教者どもを討ちとった」と報告するありさまだった。ボダンの身辺にいる聖職者たちは、そういった事態に対処する能力がなく、たがいに責任をなすりつけるばかりである。

これ以上、手をつかねて傍観していれば、ボダンの権勢は蚕が葉を食いつくすように、ぼろぼろにされてしまう。決戦を引きのばしてきたボダンも、ついに決意して軍を呼集した。「神と教皇とにそむく背教者どもを討て」という教書が、マルヤム全土のルシタニア人にむけて発せられた。

「十万人は集まろう」

そうボダンは予測していたが、十日の間に集まった将兵は四万人でしかなかった。他の者は、というと、ギスカールの軍旗のもとに駆けつけた、というわけではない。病だの服喪中だの、適当な理由をつけて城門を閉ざしている。要するに形勢を観望し、勝利したほうにつこう、というわけである。

「日和見とは狡猾な奴らめ。神が見すごしたもうと思うのか」

ボダンは歯ぎしりした。彼は、出兵してこぬ貴族のひとりを討伐して世の見せしめにしようとしたが、側近の騎士たちに制止された。この時機にそのようなことをしては、畏怖よりも反発を買うのが落ちである。ひとつの城館を攻め落として不信心者ひとりの首をとったところで、残る中立派をギスカールの陣営に追いやってしまうだけのことだ。

「とにかく諸悪の根はギスカール殿下の名をかたる、あの偽者でござる。正々堂々の戦いで彼奴の首をあげてしまえば万事おさまりましょう」

「いさましいことをいうが、勝てるのであろうな、そなたら」

「これはしたり、教皇猊下。真物のギスカール殿下であれば武略の達人。われらが敗れることもございましょう。ですが偽者など恐るにたりず。かならず彼奴の生首を、教皇猊下の御前に持ってまいりますとも」

騎士たちの壮語を聞いて、ボダンはじつに複雑な表情をしたが、口に出しては何もいわなかった。いえなかったのだ。

こうして、パルス暦でいえば三二三年の秋、「ザカリヤの戦い」がルシタニア人どうしでおこなわれるのである。

教皇ボダンの軍は四万。ギスカールの軍は一万八千。数からいえばギスカールに勝算はない。それでもギスカールが正面決戦を決定したのには充分な理由があった。

「四万とはいっても、衷心からボダンのために戦う意思があるのは一万五千から二万というところだ。残りは葦のごとく強い風になびく。恐れることはない」

集まった騎士たちに、力強くギスカールは断言した。

ここ数年の労苦で、ギスカールはやや痩せて髪の半分が灰色になった。だが老けこんだようには見えない。両眼が鋭く烈しく光り、むしろ精悍さが増したようにすら見える。集まった騎士たちは威に打たれ、王弟が真物であることを、あらためて確信した。

パルスでの戦いで、ギスカールは、モンフェラートやボードワンのような有力な将軍を失った。彼らが健在であれば、より自信と勝算をともなった戦いができるにちがいなかった。だが、いまギスカールは、自分自身で最前線の指揮をとる。危険だと制止する者もいたが、ここでボダンに敗れて死ぬようなら、それまでの生命だ、と思いさだめた。

いっぽうボダンも軍の士気を高めるため、自ら戦場におもむいてきた。十二名の屈強な兵士に輿をかつがせ、傍にイアルダボート教の神旗をかかげ、マルヤムの首都を進発した。家の窓をわずかにあけて、マルヤムの民衆は、ひややかな目で教皇を見送ったのである。

Ⅲ

ザカリヤの野は四方に遠く山を望む石ころだらけの荒地で、羊をねらう狼すら姿を見せぬといわれる。水もとぼしく、気流のせいか悪天候の日が多い。将来も開拓などはおこなわれず、不毛のままであろう。

ギスカールとボダンとの戦いがおこなわれる前夜も、冷たい雨が降りつづき、道は泥濘のつらなりと化した。兵士たちは白い息とともに天候への罵声を吐きだした。

このようなろくでもない場所が戦場に選ばれたのには、いちおう理由がある。ザカリヤの野はマルヤムの国土のほぼ中央にあり、三本の主要な街道が近くを通って、誰がどう軍を動かすにしても、いちおう確保しておくべき位置にあったのだ。かつてはマルヤム軍の監視塔が建てられていたが、ルシタニア軍が侵攻したときに焼き打ちされ、煤けた石のかたまりが廃墟となって残るのみである。

戦場にあらわれたボダンは、彼なりにはりきってはいた。敵軍の数が味方の半分以下と聞いたせいもあるだろう。両軍が布陣を終えると、ボダンは輿と神旗を陣頭に進めた。大声でギスカール軍に呼びかける。いま悔いあらためて武器をすて、神旗の前にひざまずけば、神は汝らの罪を赦したもうであろう、さもなくば背教者として地獄の炎に焼かれるぞ、と。

ギスカールは返答する気にもなれぬ。無言で片手をあげ、振りおろすと、いっせいにボダン軍めがけて矢を放たせた。ボダンの輿にも二本の矢が突き刺さり、教皇猊下は輿の上でよろめいて手をついた。

「罰あたりどもめ！　彼奴らに神罰を与えよ！」

こうして戦いは開始された。ひとしきり矢が飛びかうと、つぎは槍と剣の闘いにうつる。両軍は泥にまみれながら前進し、正面から激突した。

「神よ、護りたまえ！」

「イアルダボートの神よ、ご照覧あれ！」

唯一絶対の神につかえる者どうしが、武器をふるって殺しあうのだ。剣が首を切断し、槍が咽喉をつらぬき、棍棒が背骨をたたき折る。ザカリヤの空は雲とも霧ともつかぬ寒々しい灰色におおわれ、太陽は白黴のはえた小さな銅貨のように宙づりになっている。兵士たちの吐く息は白く煙り、それに血の赤がまじった。

ルシタニアの甲冑はパルスのそれより重い。馬上からたたき落とされた騎士は起きあがって逃げ出すこともできず、馬蹄に踏まれ、棍棒で殴りつけられる。必死になって甲冑をぬぎすてようとする者もいるが、ようやく半ばぬぎかけたところを槍で突き殺されるという悲惨なありさまだ。

ボダン軍の騎士たちの幾人かが気づいたことがある。ギスカール軍はいずれも軽装で、甲冑のかわりに盾で矢や槍をふせぎ、しかも大多数が徒歩であった。天候を案じたギスカールは、泥濘のなかで動きやすいよう、全軍の服装をととのえたのである。それを遠望したボダン軍は、「偽の王弟の軍には、甲冑をそろえる資金もないと見える」と嘲笑したものであった。だが戦いがすすむにつれ、重装備のボダン軍は動きが鈍りはじめた。

重装備の騎兵隊は泥濘に馬の足をとられ、まともに前進することができぬ。甲冑をまとった人間を乗せているだけで、馬にとっては大きな負担である。それに泥濘が加わっては動くに動けぬ。悲しげにいないて立ちすくんでしまう。

「動け、動かんか、この役たたずども！」

人間どももあせる。動けない騎兵隊など、単なる肉と鉄のかたまりでしかない。そこへギスカール軍が矢を射かける。人ではなく馬をねらうのだ。無慈悲だが効果的な戦法であった。つぎつぎと馬が倒れ、騎士たちは泥濘のなかに投げだされる。神の祝福を受けたはずの甲冑が泥にまみれ、起きあがろうとしても容易ではない。倒れた馬に脚や胴をはさまれると、甲冑のわずかな隙間から泥水が浸入する。たまりかねて冑をはずすと、そこへ矢が飛んでくる。泥まみれの死地から、それでも数百騎がどうにか脱出し、ギスカールの本陣に迫って白兵戦をいどんできた。

ギスカールは自ら戦斧をふるい、四人の騎士を馬上からたたき落とした。五人めはなまやさしい敵ではなかった。重い長槍を伸ばして、やや疲労したギスカールの手から戦斧を撃ちおとす。彼にとっても重い長槍をすてると、剣をふるってギスカールの頸部に斬りつけてきた。かろうじて、ギスカールは盾でふせいだ。三度まで騎士はギスカールの盾に剣をたたきつけ、盾には亀裂が生じた。そこへギスカール軍の歩兵が駆けつけ、槍で騎士の脇腹を突いた。槍先は甲を突きとおすことができなかったが、騎士は馬上で平衡を失ってよろめいた。すかさずギスカールは剣をぬき、ねらいすまして相手の咽喉を突いた。したたかな手ごたえが、致命傷を与えたことを教えた。甲と冑との合間から赤黒い血が湧き、騎士はまっさかさまに落馬して大地を抱擁した。

最高指揮官が剣をふるって血戦しているのだ。ギスカール軍の士気は高まった。彼らは槍先をそろえてボダン軍に突きかかり、確実に敵の数をへらしていった。

ボダン軍は敵の二倍以上の兵力をそろえながら、それを生かすことができなかった。軽装のギスカール軍がすばやく、たくみに進退するのについていけず、右往左往しつつ討ちへらされていく。味方のふがいなさを見たボダンが、思わず天をあおいだ。

「おのれ、ギスカールめ、狡猾な狐め！　イノケンティス王がさっさと彼奴めをかたづけておけば今日の苦労はなかったものを！」

この怒声が戦いの帰趨をさだめることになろうとは、ボダンは想像もしなかったであろう。ところがそうなってしまったのだ。ボダンの本陣にひかえていたコリエンテ伯爵という人物が、ボダンの怒声を耳にしておどろいた。彼はボダンの宣告を信じ、ギスカール公は偽者だと思いこんでいたのである。

「何と、ギスカール公は真物であったのか。とすれば話はちがってくるぞ。おれたちは教皇にだまされていたということになる」

もともとコリエンテ伯爵は喜んでボダンにしたがっていたわけではない。自立してわが道を往くだけの勢力がないから、強者についていただけのことである。だがこのとき、彼の心を一陣の風が吹きぬけた。一生に一度の賭けを断行する時機が来た、と思った。

コリエンテ伯爵の兵は二千人。これがいきなり「ギスカール殿下にお味方する」と叫んで、ボダン軍の左側背からおそいかかったのである。ボダン軍が一致団結して戦えば、このていどの裏切りはとるにたりなかった。だがコリエンテ伯爵の動揺と変心は、奔馬の勢いで全軍に伝染した。彼を迎撃すべき諸侯の部隊が、つぎつぎと矛をさかさにして、つい先刻までの味方におそいかかっていった。これは一見、偶発的なできごとに思えるが、結局のところ、たまりにたまっていた不満と不信の池が、ただ一滴の水によって決潰したのであった。

一挙にボダン軍は潰乱状態となった。

「おのれ、背教者どもめ、罰あたりどもめ！」

灰色の空をあおいでボダンはののしった。前方ではギスカール軍の攻勢をささえかねた武将たちが伝令を飛ばし、ボダンの指示をあおいだ。だがもともとボダンは戦場の雄ではない。的確な指示を下しようもなく、輿の上にいすくむだけである。その間、勢いに乗ったギスカール軍は最後の予備兵力を投入し、ボダン軍の陣列を斬りくずして、教皇の近くに迫った。霰のような音をたてて矢が降りそそぎ、輿に五、六本が突き立つと、ボダンの虚勢もついえた。

輿をかつぐ兵士たちをどなりつけると、ボダンは逃げだした。イアルダボート神のご加護を、どうやら信じることができなかったようである。

「教皇がお逃げあそばす！」

悲鳴に近い声があがって、ボダン軍の戦意は、神のまします空の彼方へ飛び去ってしまった。このときボダン軍の兵力は、あいつぐ寝がえりで一万五千ほども減少している。減少した数は、そのままギスカール軍の増強分となり、兵力比は逆転してしまっていた。

血と泥にまみれた戦いが終わったとき、ザカリヤの野には一万五千の死体がころがっていた。そのうち一万二千までがボダン軍の将兵であった。ギスカール軍は教皇ボダンを追いまわしたが、いますこしというところでとり逃がした。ボダンは輿から飛びおり、徒歩で逃げ去ったのである。空の輿は戦利品としてギスカールのもとへ運ばれてきた。

「いつもながら逃げ足の速い奴め。だが、つぎの戦いのときには、奴の両足を槍で大地に縫いつけてやるぞ」

泥と霧雨に汚れた顔で、ギスカールは大笑した。パルスを追われて以来の苦難と屈辱とを、ギスカールはこの笑いで吹きとばしたのである。

彼の足もとにひざまずいて戦勝を祝う者がいる。コリエンテ伯爵であった。それと知ると、ギスカールは馬から飛びおり、恐縮する伯爵の手をとった。ここは一世一代、政治的な演技を人々に見せつけるべき場面である。

「よく正道にたちもどってくれた。亡きわが兄も、王室に対するおぬしの忠誠を喜んでくれるであろう。偽教皇のボダンめを打倒したあかつきには、おぬしに厚く報いるぞ」

そして、なおボダン陣営に属するコリエンテ伯の知人たちを説いて寝返らせるよう頼んだ。喜んでコリエンテ伯は承知し、さっそく十通もの密書をしたためて、各地の知人のもとへとどけさせた。

「ザカリヤの戦い」によってマルヤムの国内状勢は大きく動いた。息をひそめて形勢を観望していた諸侯が、なだれをうってギスカールの陣営に加わった。それでも一挙にボダンが破滅しなかったのは、何といっても国都をおさえ、さらにイアルダボートの神旗をかかえこんでいたからである。

Ⅳ

こうしてパルス暦三二四年の段階で、マルヤムは二分された状態にある。北には教皇ジャン・ボダンの支配する神聖マルヤム教国、南には仮王ギスカールの統治する領域だが、こちらがいまや国土の七割を占めていた。

ミスル国王ホサイン三世のもとに、海路ボダンからの親書がとどけられたのは、パルス暦でいえば三二四年の秋、つまりホサイン三世がディジレ河畔でパルス軍に破れた後のことであった。王宮で、宰相から親書を差し出されたホサイン王は、一読すると大きく舌打ちの音をたてた。

「ふん、教皇はミスルの国軍を自分の傭兵にでもするつもりか。人にものを頼むにしては、頭の高い奴め」

「いかがなさいます、陛下」

「マルヤムの半分などもらっても使途がないな。まして、この条件では、予の武力でもってギスカール公を打倒せんことには、ひとかけらの土も手にはいらんではないか」

ボダンからの密書を、ホサイン三世は床に放りだした。ギスカールを打倒してくれればその占領地をミスル国に与えるというのがその内容である。

海からの援軍がギスカール軍の背後をつく。戦術としてはけっして悪くないが、わざわざ船団をしたててマルヤムまで往くミスル軍こそご苦労な話である。マルヤムまで海路八日から十日、一万人の兵を派遣するとすれば、三十万食の糧食を用意せねばならぬ。上陸してからも糧食はいるし、冬にむかって衣服も必要になる。そうおいそれと兵を動かすわけにはいかぬ。

「マルヤムの領土など、出兵して占領するだけの価値はない。軍費と人命を浪費するだけだ。だが……」

ホサイン三世は考えこんだ。マルヤムを支配しているルシタニア人に対して、政治的優位を確立しておく。これは悪くない選択だ。だがマルヤムが二派に分裂している以上、どちらの派に味方するか、これが大きな課題となる。ボダンに味方してマルヤムの南半分を割譲（かつじょう）させれば、ミスルの領土は拡大するし、西と北の海路も手にいれることができるだろう。しかしギスカールと戦って勝てるとはかぎらぬし、勝てたとしても損害をこうむることはまちがいない。そうなったとき、ボダンが最初の約束をきちんと守るだろうか。異教徒を人間と思っていないボダンのことだ。弱体化したミスルとの約束を破り、それどころかミスル軍に攻めかかって海へ追い落としてしまうかもしれぬ。

「とうていボダンなどに手は貸せぬ。とすると、ギスカールと組む策（て）だが、こちらから申しこんでも足もとを見られるだけかな。いや、待て、願ってもない土産（みやげ）があったわい」

ホサイン王はひざを打った。

ボダンからの使者はとらえられ、鉄の檻に放りこまれた。ホサイン王は軍船を一隻したて、とらえた使者をマルヤムに送還させた。ギスカールのもとへである。苦しまぎれにボダンが派遣した使者は、ミスル国の外交の道具として使われるはめになったのだった。

パルス国の海港としてギランがあるように、シンドゥラ国にも名高い港町がある。マラバールがそれで、海外からの旅人と貨物はここに上陸し、運河と街道を使って二日後に国都ウライユールに到着する。

ミスル国からの船が入港してきたのは、十一月のとある日であった。港の総督に対し、ミスル国王ホサイン三世からの使者が来訪したとの報告がなされた。使者なる人物は、シンドゥラ国王ラジェンドラ二世陛下への謁見を望み、ミスル金貨五百枚を総督に進呈した。総督は誠意をこめて万事をとりはからい、国都ウライユールへと使者を送りこんだ。

「ほう、ミスル国王からの使者？」

ラジェンドラは目を光らせた。彼はチュルク軍との戦いから帰還し、ケシの花が咲き誇る中庭の一画で昼食をとっていた。南国シンドゥラも十一月ともなれば朝夕は冷えこみ、そのかわり昼間は涼気がこころよい。ラジェンドラの額や頸には、香辛料のきいたスープを飲んだために汗の玉が浮いている。それを侍女にぬぐわせながら、ラジェンドラは、王宮警護隊長のプラージヤ将軍に問うた。

「そやつの身分にまちがいはないか」

「黄金づくりの身分証は、たしかに持っておりました。国王からの親書は直接にお渡しすると申しております」

「よし、通してみよ。何ごとをさえずるか、聞くだけは聞いてつかわそう」

中庭に通されたのは使者ひとりだけであった。それに先だち、シンドゥラ国王陛下への献上物はすでにとどけられている。八十人の職人が四年がかりで織りあげた絨毯、ミスル特産の香油、竜涎香、黄金細工などであった。物をもらえば、その点に関するかぎり、ラジェンドラはすなおに感謝する男である。

「いやいや、いきとどいたこと。ミスル国王ホサイン陛下によしなに」

機嫌よくいいながら、ラジェンドラは使者を観察した。生まれついてのミスル人ではないな、と、彼は見てとった。ミスル人がやたらと好きな香油を塗っておらず、服の色彩もおとなしげである。めだつのは右の頬に深い大きな傷があることだった。

シンドゥラ国王とミスルからの使者との対話がはじまったが、使用される言語はパルス語である。何しろそれが大陸公用語であるからしかたない。逆にいえば、パルス語さえ会得していれば、いずれの国とも外交や貿易がおこなえるのである。そして使者は用件を切りだした。ミスル国と攻守同盟を結び、パルス国を東西から挟撃してほしい、というのである。シンドゥラ国にしてみれば、外交方針の大転換ということになる。ラジェンドラはむろん簡単に承知したりしなかった。

「仮にだ、ミスル国と手を結んだとして、いったいどのような利益がわが国にもたらされるのかな」

「パルス国の手から、大陸公路の支配権を奪いとれましょう」

「ふふん？」

と、ラジェンドラは口もとをゆがめた。

「それだけのことか、埒もない」

「大陸公路は巨億の富をパルスにもたらしております。それだけのこと、とは、おそれながら、過小評価と申すべきでございましょう」

「かさねていうが、それだけのことよ」

今度は声に出して、ラジェンドラは嘲笑してみせた。

「巨億の富というのはたしかだが、パルスに吐きださせるだけのこと。ミスルの懐はまるで痛まぬではないか。恩着せがましくいわれる筋はないと思うが、どうかな、使者どの」

使者が即答しないので、ラジェンドラは何くわぬ表情の下で思案をめぐらせた。

パルスを東西から挟撃するといえばひびきはいいが、現実性はきわめて薄い。パルスの広大な国土をへだてて東西で連絡しあうのはきわめて困難である。パルスから見れば、その国土自体を障壁として、東西の敵を分断することができるのだ。

ミスルがシンドゥラをけしかけてパルスと戦わせる。そしてミスル自身もパルスと戦う、というのであれば、それはまあよい。だが、パルスがミスルに対して有利な条件で講和を申しこみ、それをミスルが受けたときはどうなるか。パルスは後背の危険を断ち、全力をあげてシンドゥラに攻めこむであろう。得をするのはミスルだけ、踊らされたシンドゥラは存亡の危機に立たされるはめになる。うかうかとミスルの申し出などに乗れるものではない。最低限度の条件として、まずミスル国が本格的にパルスと戦い、パルスの兵力の大部分を西方に引きつける。それぐらいの誠意は示してもらわねばなるまい。

シンドゥラは北にも油断ならぬ敵をひかえているのだ。チュルク国王カルハナが何をたくらんでいるのか、まだ不分明であるが、仮にシンドゥラに対して全面攻勢に出てくるとしたら、パルスの武力を味方にしておく必要がある。軽々しくパルス包囲網などに加担できるものではなかった。最初にパルスがたたきのめされ、さてそのつぎがシンドゥラ、などという事態になったりしたら目もあてられぬ。

「使者どの、ご存じかな。このラジェンドラと、パルス国のアルスラーン王とは、兄弟といってもよいほどの親しい仲なのだ」

「存じております」

「ふむ、それを承知で、パルスを討てとおれに勧めるのか。兄弟に讐をなせ、と」

「それではこちらからうかがいますが、ラジェンドラ陛下、実のご兄弟はいまどちらにおいでてございますか」

いやな奴だ、と、ラジェンドラは思った。彼が即位前に異母兄弟ガーデーヴィと争い、処刑したことを、使者は諷しているのである。

「さて、どうしたものかな。おぬしの言葉は蜜のごとく甘いが、それを食したあげくが虫歯の痛みに泣かされるのでは、後悔してもはじまらぬな」

ガーデーヴィの件は無視して、ラジェンドラは笑顔をつくった。生前のガーデーヴィが憎んでいた笑顔である。「あのいかにも無邪気そうな笑顔の下で、奴は、他人をおとしいれる算段をめぐらしているのだ」と。そのとおり、それがどうした、と、ラジェンドラは思っている。彼がだます相手は王侯貴族ばかりで、貧しい民衆をおとしいれたことは一度もない。

わずかに使者は身を乗りだした。

「大義名分がこちらにあることもお考え下さい。パルスの国王と称しているアルスラーンめは僭王でございます。王を僭称する簒奪者なのです。彼奴を討ち滅ぼすのは正義ではございませんか」

つまらなさそうな表情をラジェンドラはつくった。

「僭王僭王とおぬしはいうが、アンドラゴラス王が死去して王太子が即位しただけのこと。法的に何ら問題はあるまいが」

「アルスラーンは王家の血を引いておりません」

「だからどうだというのだ。そんなことはアルスラーン自身が公表しておること。弱みにはならんぞ」

ラジェンドラは意地悪く笑った。アルスラーンがアンドラゴラスの実子ではない、と知らされたとき、ラジェンドラもさすがにおどろいたのだが、考えてみれば公表してしまったほうがよいのである。秘密は隠されてこそ武器になるので、みんなが知っていれば「それがどうしたのだ」ということになるのだ。第一、パルス周辺諸国の王家にしても、系図を見なおせばいろいろと怪しげな点やまずい点があるので、それほどえらそうなことはいえないのである。

沈黙した使者に、ラジェンドラは語をかさねた。

「ミスルに向かうべきパルスの鋒先が、わが国に向けられるようなことになっては目もあてられんな。何しろパルスは強い。それを一番よく知っとるのはルシタニアとやらいう遠い国の連中だろう」

ラジェンドラは侍女にむけて手をのばした。銀の皿にパパイヤなど四種類の果物が盛られ、蜂蜜と乳酪がかけられたものを、侍女がうやうやしく差しだす。それを受けとると、ラジェンドラはひそかに視線で命令した。こころえた侍女のひとりが、さりげなく起ちあがって建物のなかへ姿を消した。銀の匙で果物をすくいながら、ラジェンドラはことさら陽気な声をだした。

「ま、なかなかおもしろい話を聞かせてもらったが、一国の主としてあまり無責任な約束もできかねる。ミスル国王のお考えはよくうけたまわっておくから、今後ともよしなにな」

贈物はありがたくもらっておくが、申し出には応じぬ、というのである。ぬけぬけと、とはこのことであろう。

「では辞去させていただくしかございませんな」

「辞去してどこへ行く？」

使命に失敗しておめおめとは帰れまい。そういいたげにラジェンドラは問うた。

「パルス国王のもとへ」

男はいい、表情をころしてラジェンドラの顔をうかがった。ラジェンドラはだまって、空になった果物の皿を卓上に置いた。

「パルス国王に、こう告げることにいたします。シンドゥラ国王ラジェンドラ陛下は、パルスとの和平条約を破棄し、ミスルとの間に同盟を結ばれた。すぐに兵を出してシンドゥラをお討ちあれ、と。いかがでございます」

　男の両眼が底光りしたようだ。

「ちとおもしろすぎるな」

　ラジェンドラはわずかに目を細め、それに比例させるかのように声を低めた。彼は他人をだますのは好きだが、だまされるのは嫌いだったし、脅されるのはもっと嫌いだった。右頬に傷のあるミスルからの使者は、シンドゥラ国王の宮殿に乗りこみ、主を脅迫しようとしているのである。ラジェンドラは一歩踏みこんだ決断を下した。こういう気にくわぬ男が眼前にいるとすれば、さっさとかたづけてしまうべきだ。後に悔いを残すようなことがあっては、神々に申しわけがない。

「この場でおぬしを殺すことにしよう。そうすれば、舌をみだりに動かすこともできまい」

「できますかな」

　右頬に傷のある男は落ちついていた。あるいは、落ちついたふりをしていた。二十人ほどのシンドゥラ兵が、刃の湾曲した刀や棍棒をかまえて彼を包囲する。むろんこれは、ラジェンドラの目くばせにしたがって侍女が侍衛の兵士たちに指示したのである。

「私が二日後の夜明けまでにマラバールの港町に帰らぬときには、船はただちに出帆し、パルス国のギラン港に逃げこむことになっております。そして告げます。ラジェンドラ王はミスル国と手を組んでパルス国に敵対するご所存、と。それでもよろしいのですか」

男の言葉を、ラジェンドラは笑いとばした。

「そのていどの威迫に、誰が乗るかよ。おぬしの死体をパルスの王都に送りとどけて、事情はこうと説明すれば、アルスラーンはおれを信じるに決まっておる。第一、生かしておいてもパルス国王のもとに駆けこむというのであれば、殺してしまったほうが、おれの腹もおさまるというものだ。ちがうか？」

「………」

「よい退屈しのぎにはなった。だが、おれひとり説得できぬようでは、パルスをどうこうするなど、痴人の妄想にすぎぬよ。ミスル国王にとってはいい教訓だろうて」

ラジェンドラが指を鳴らす。それを合図に兵士たちが動いた。ミスルからの使者めがけて殺到する。だが彼らより迅速に動いた者がふたりいた。

ミスルからの使者が腰帯を抜きとり、鋭く振る。ラジェンドラは危険をさとっていた。椅子ごと後方にのけぞってそれをかわす。腰帯にあたった皿上の果物がものの見事に切断され、宙に舞った。腰帯に細刃がしこまれていたのだ。ミスルからの使者は国王斬殺よりも自分の逃走を優先した。刃のとどく範囲から逃れ去ったラジェンドラを追わず、身をひるがえして腰帯を横に払う。鋭い音と鈍い音が連続し、兵士のひとりが頸部を両断された。さらに棍棒を持ったままの右手首が宙に飛んで、中庭には悲鳴と怒号が飛びかう。それらの声も、建物や樹木にさえぎられて小さくなっていった。ラジェンドラは緊張をとき、ふたたび椅子に腰をおろす。ほどなく王宮警護隊長のプラージヤ将軍が、巨体をちぢめるような姿勢で王のもとへやってきた。

「逃がしたか」

「面目次第もございませぬ。ただちに騎兵を動かして奴を追いますれば」

「いや、そこまでする必要もあるまいて」

ラジェンドラは手を振った。奇妙な使者を追いはらって、アルスラーンへの義理は果たしたのだ。せっかく種ができたのだから、奇術ひとつも披露したいものではないか。ラジェンドラはそう思う。パルス、ミスル、それにチュルク。どの国と組み、どの国と戦うか、いろいろと技巧をこらす楽しみができたというものであった。今日はミスルとの間が破綻したように見えるが、ミスルがにわかに大船団をしたてて海上から攻撃してくるとも思えず、修復の余地はいくらでもある。今日のところはありがたく贈物をちょうだいしておくとしよう。

「ああ、それからな、プラージヤ将軍」

「は、陛下、何でございましょう」

「曲者をとり逃がしたによって、おぬしは罰金として金貨五百枚を支払うように」

「寛大なご処分、ありがたく存じます」

プラージヤ将軍は深く頭をさげた。投獄や降等もやむをえぬところである。罰金ぐらいですめば、ありがたいものであった。

さらにラジェンドラは、ミスル国からの使者に殺された兵士たちを鄭重に葬り、遺族に慰弔金を与えるよう命じた。こういう点に関して、けちってはならぬ。兵士たちの人望こそ王者にとって最大の宝であることを、ラジェンドラはアルスラーンから学んでいた。

V

チュルク王国の首都ヘラートは、国内でもっとも広く肥沃な谷間に位置する。四方は万年雪と氷河の山々によってかこまれ、六本の峠道と一本の水路によって外界に通じる。この七つの通路をわずかな兵力でかためれば、とうてい外敵は侵攻できず、谷間全体が難攻不落の要害となって、十年はもちこたえることができるといわれていた。

晴れた日、遠く雷鳴のようなひびきが伝わってくるのは、山々のどこかで雪崩がおきているからである。朝には西の山々が朝陽をあびて薔薇色にかがやき、夕には東の山々が夕陽を受けて紫色に染まり、「天上の都のようだ」と住民たちは自慢する。

王宮はヘラートの市街を眼下にのぞむ北よりの高台にある。斜面にそって石づくりの建物が層をかさね、それが十六層にもおよぶ。

「ヘラートの階段宮殿」と呼ばれるのがこれだ。最上層は空中庭園となって、低木や芝や草花が植えこまれ、羽の一部を切りとった孔雀が放され、池にはあざやかな色彩の淡水魚が泳ぐ。その一角に、大きな水晶の窓を持つ建物がある。国王の書斎である。

チュルク国王であるカルハナはすでに五十代半ば、青黒く痩せた顔にとがった鼻と細い両眼、黒々とした顎鬚、そしてずばぬけた長身を持つ。異相といってよい。もともと一武将であったが、先々代の国王の長女を娶り、宰相からさらに副王を経て即位した。

カルハナの前に客人がたたずんでいる。年齢は三十歳前後と思われ、均整のとれた長身には歴戦の戦士の迫力と風格があった。顔だちも端整といってよかったが、顔の右半分を薄い布でおおっている。その男は非のうちどころのない礼儀を示してカルハナに一礼した。

「おかげをもちまして、無事に妻の葬儀をすませることがかないました。陛下のご厚情には何と御礼を申しあげるべきか、非才の身には言葉もございません」

カルハナはゆったりした微笑を返し、かるく手をあげてみせた。

「いやいや、予の今日あるも、おぬしの武勇と機略に救われたからこそ。奥方もはかないことではあったが、どうか気を落とさぬよう」

今度は無言で男は一礼した。布におおわれぬ左の眼が、万年雪の山嶺を見はるかす。黄昏が近く、かたむいた陽が紫色の影を山嶺に投げ落としている。山の一角に、男は、若くして病死した妻の遺体を葬った。妻の胎内に在ったわが子とともに、である。その事情をカルハナ王は知っていた。彼は客人に椅子をすすめ、男がそれにしたがうと、話題をあらためた。

「この国では静かに暮らしてこられたが、胸奥に燃える火が消えさったわけではあるまいのう、ヒルメス卿」

名を呼ばれた男は、「は」と最短の返答をしたのみで、カルハナ王の言葉に自分の意見をつけ加えようとはしなかった。熱をこめて、カルハナはさらに説いた。

「おぬしはまだ三十代にはいったばかり。世を棄て去るには早すぎよう。奥方も、おぬしが世棄人となることは望まれまい。心の整理ができたところで、予の客将としてつとめてはくれまいか」

みたびヒルメスは一礼した。

「おそれいります。私はさいわいにして陛下のご厚情をいただき、この土地で翼を休めることができました。非才ながら、つとめさせていただきます」

ヒルメスは微笑したが、自嘲とも歎息ともつかぬものが微笑にこもった。

「妻が健在であれば、マルヤム王国の故地を回復するために戦うという名分もたちましたが、もはや詮なきことでござる」

「そうじゃの。マルヤムは遠方ゆえ、くわしいこともわからぬが、支配者であるルシタニア人どうし殺しおうて、血泥のただなかにあるとか。手を出しても腐臭がまつわりつくだけのことであろうよ」

冷笑まじりに、カルハナはそう評した。ヒルメスはべつの話題を持ちだした。

「先日、鉄門の方角へ出兵なさったとうけたまわりました。パルス、シンドゥラ両国の兵勢を見るにはよい試みと存じますが、どのようにごらんになりましたか」

「パルスはなかなかに強い。おいそれと劫掠することもできぬようじゃ。とすれば北へ出て、弱体化したトゥラーンをおそうか、南へ進んでシンドゥラを討つか、だが……」

チュルク国王カルハナは思案するようすである。ヒルメスの冷静な視線を受けて、やがて彼は口を開いた。

「とにかくこの山間の地に逼塞しておっては、大陸全土の趨勢に遅れてしまう。今後の発展も望めぬ。予一代のうちに、チュルク百年の大計を基礎だけでもたてておきたいのだ」

水晶の窓ごしに夕陽がさしこみ、主人と客人の影を石の床に長く伸ばす。高地のことと
て、早くも夜の冷気が忍びよってくるようだが、カルハナ王の声は熱気をおびている。

「わが国は海までは遠いが、シンドゥラ方面へ南下してカーヴェリー河の自由航行権を手にいれることができれば、直通路が開ける」

「シンドゥラ国王との間に、対話をもってそれを要求することはできませぬか」

「おぬしはシンドゥラ国王ラジェンドラの為人を存じておるか？　銅貨を黄色く塗って金貨に見せかけるようなくわせ者よ。航行権をくれぬか、と礼をつくして申し出たら、かさにかかって何を要求してくるかわからぬ」

「そのような者を、なぜパルス国王アルスラーンが信用し、盟約を結んだのでござろうか」

「パルス国王がお人よしだからだ」

吐きすてるように断言してから、カルハナは表情を変え、自らの前言を否定してみせた。

「……と世評ではいうであろうが、お人よしだけの人物があらたな王朝などつくれるわけもない。よく部下どもを馭しておるし、兵士の信望も厚いようだ。軽んじてはとんだ火傷を負うであろうよ。ルシタニアのように」

「御意」

答えたヒルメスの声を、カルハナは注意ぶかく聴いた。ごくわずかな苦みが声にこもっ

ていたようにも思われるが、さだかではなかった。

「頼もしく思うておるぞ、ヒルメス卿」

カルハナ王は、客将の手をとらんばかりの熱意をこめていった。

「わが事が成ったあかつきには、おぬしはけっして粗略にあつかわぬ。王族としての待遇を約束しようし、おぬしに独自の志があれば、全力をあげて手助けしよう」

「……おそれいります」

「では今日はもう休まれよ。お疲れであろうから。くわしい話はまた明日にでもあらためて」

カルハナ王の御前から退出したヒルメスは、黙然として空中庭園を歩んだ。空は急速に暮色をまし、王宮につかえる奴隷たちが庭園の各処に灯をともしはじめる。山羊の脂に香料をまぜた灯火の匂いにも、ヒルメスはもう慣れた。

「所詮おれは敵将としてしかパルスにもどることはできぬと見える。運命とやらの小道具にされるのはごめんだが、しばらくはこのまま歩んでみるか」

胸中につぶやきながら、パルス旧王家の最後の生き残りは階段へと歩いていった。

第四章　王都の秋

I

「解放王の裁き」といえば、後世のパルスでは「公正な裁判」を意味する言葉になる。裁判はだいたい総督までの段階ですまされるのだが、ときとして、やっかいな訴訟が国王の法廷にまで持ちこまれることがあった。王太子時代、アルスラーンはギランの港町で多少、裁判の経験をつんだことがある。

アルスラーンは、世情を知ってそれを政事(まつりごと)に生かすために、ずいぶんと努力した。身分が低いといわれる人々の代表を王宮に招いて話を聞いた。そのとき特殊な織りかたをした垂簾(たれまく)を間にはさんで、人々からは自分の顔が見えないようにした。これはもったいぶってそうしたわけではない。アルスラーンはしばしばエラムやジャスワントをともなって王宮の外へ微行(びこう)し、自分の眼で世情を調査したから、近くで顔を見知られては困るのであった。

宰相(フラマータール)ルーシャンなどは、立場からいっても、アルスラーンの微行をあまり好ましくは思っていなかった。国王の身に思わぬ危害が加えられては困る。もっともな心配であるが、副宰相（フラマート）ナルサスはそれほど気に病（や）んではいなかった。

「まあ、あれは陛下の唯一の道楽だからな。エラムやジャスワントもついているし、めったなこともあるまい」

「そうとも、ナルサスの道楽とちがって、他人に害をおよぼすわけでもないからな」

「どういう意味かな、ダリューン」

「おや、そんなにわかりにくいことをいったか、おれは」

「わかりにくくはないが、心にもない台詞（せりふ）だろうと思ったのでな」

「心の底からの台詞なのだがなあ」

　とにかく、アルスラーン王の微行はつづいていた。民衆は、「身分を隠した王さま、ないしは王子さま」というものが、どういうものかたいへん好きである。パルスの吟遊詩人たちも、聖賢王ジャムシードや英雄王カイ・ホスローが在位中に身分をかくして微行したという伝説を語りつたえている。ジャムシード王は神のごとき明察（めいさつ）の裁判官であり、「ジャムシードの鏡を見よ」といえば、「正義と真実はかならず明らかにされる」という意味で、パルスでは裁判のときにかならずこの台詞が使われるのである。

　ところで「解放王」というアルスラーンの異名は、即位直後から誰ともなく使うようになっていたが、あまり偉そうな称号なので、アルスラーンは平然と受けいれることができなかった。

「陛下は国土をルシタニア軍から解放なさいました。奴隷制度を廃止なさいました。この二点だけで、解放王の名に値します」

ダリューンなどは力説するのだが、どうしてもアルスラーンは気恥ずかしい。聖賢王や英雄王も、そう呼ばれて気恥ずかしかったのではないだろうか、という気がする。もっとも、このふたりの王は、その名にふさわしいだけの実力と業績があったのだが。彼らと並んで呼ばれるなど、アルスラーンにはだいそれたこととしか思われぬ。

とにかくこの秋、西にミスルを撃破し、東にチュルクを敗退せしめたものの、手にいれたものといえば多少の遺棄物資だけである。一歩の領土も一枚の金貨も得たわけではないのだ。勝った勝った、と喜んでばかりもいられないのであった。

「チュルクの侵攻は小規模のものではあったが、どうも根は深いように思われる。注意を払う必要があるな」

ダリューンやキシュワードにそう語って、ナルサスは調査をすすめていた。

ミスルとチュルクとが共謀してほぼ同時に事をおこしたとは、ナルサスには思えない。両国はたがいに遠すぎて密接に連絡をとりあうことはきわめて困難である。パルスが弱体化すれば、ともに利益をえることはできるが、共通の目的とするにはあまりに抽象的だ。

期せずして、それぞれ独自に行動をおこした。そう見るべきであろう。「期せずして」という点が、じつはナルサスを深刻にする。

シンドゥラは唯一の同盟国であるが、何といってもラジェンドラ王のことである。パルスの旗色悪し、ということにでもなれば、顔色も変えずに掌(てのひら)をひるがえすだろう。そうさせてはならぬ。すくなくとも、「ひるがえすならご自由に」といえるほどの態勢をこちらがととのえるまでは。

鉄門(カラ・テギン)の戦いで、パルス軍はチュルクのゴラーブ将軍を捕虜とした。王都エクバターナまで連行し、監禁するいっぽうでいろいろと尋問(じんもん)してみたが、それほど重大な成果はえられていない。ただひとつの点を除いては。そのひとつの点がナルサスを思案させている。

パルスが戦争ないし外交の相手とすべき国は五つある。シンドゥラ、チュルク、トゥラーン、ミスル、そしてマルヤム。このうちトゥラーンは三年前の潰滅(かいめつ)状態からまだ立ちなおっていない。「狂戦士」と異名をとる国王(カガーン)イルテリシュの生死が不明であることが気になるていどである。マルヤムでは、ナルサスの期待どおりギスカールとボダンとの抗争がつづいている。シンドゥラは先述(せんじゅつ)のとおり。残る二国、チュルクとミスルとに心せねばならぬ。何しろこの二国は、パルス暦三二〇年から翌年にかけての列国の争覇戦に参加せず、それだけ国力を温存しているのだ。

ナルサスの教えを受けながら、ふとアルスラーンは、他人の運命に思いをはせることがある。

「ヒルメスどのも、どこでどうしておられるのか」

アルスラーンは予言者でも千里眼でもない。マルヤムの王女イリーナ姫とともにパルスを去ったヒルメスが、いまチュルク国にあり、客将としてあらたにパルス周辺の経略に乗り出そうとしていることなど知りようもなかった。ヒルメス卿がパルスに帰って来れば王族としての待遇をしてさしあげよう、と、アルスラーンは考えている。だが、過去の経緯をすてでのこのことヒルメスが帰国できるわけもない。それぐらいは「お人よし」のアルスラーンでもわかる。善意と好意だけで世を治めることはできぬし、国を守ることもできぬのである。

それでもアルスラーンは、自分のほうからは融和の姿勢をくずしたくなかった。彼はアンドラゴラスのあとを継いでパルスの統治者となったのだ。武断にかたよったアンドラゴラス王とは、異なる方法でパルスを統治していこうと思っている。

アンドラゴラス王だけが悪いのではない。三百年にわたる旧王家の統治が矛盾や不公正を蓄積させ、身動きがとれなくなったところヘルシタニア軍が来襲した。嵐が老弱の破壊の後の再建。樹々をなぎたおすように、ルシタニアはパルスの旧い秩序を破壊した。それがアルスラーンの仕事だった。

ある日、調査の報告書をまとめながら、ナルサスがダリューンに話しかけた。

「聞いたか、ヒルメス王子がミスル国王の帷幕にあって、パルスとの戦いを主導しているという噂だが」

「真実か」

「噂だ。だがひとりだけの口からではない。異国人がミスル国王の身辺にある、という話は昨年あたりから耳にしている」

ダリューンは小首をかしげた。

「かの御仁は、パルスの王位を断念なさり、国外へ去られたはずだが」

「永遠に断念なさったとはかぎらぬ」

ナルサスはわずかに眉をひそめ、自分の思案を追うようすである。

「それにご本人が断念なさっても、周囲が煽るかもしれぬ。とにかく、かの御仁は旧王家の血を引いておられることは事実だし、その事実を政治的に利用したいと考える者はいくらでもいるだろうよ」

「たしかにそうだが、ヒルメス王子という名が噂に出てきた、その根拠は何なのだ」

「頬の傷さ」

指先でナルサスは右頬に線を引いてみせた。ヒルメス王子、ナルサス、ダリューンの三者にはそれぞれの因縁がある。ヒルメス王子はダリューンにとっては伯父ヴァフリーズの仇(かたき)にあたるのだ。黒衣の騎士も腕を組んで考えこんだ。

II

「ところがここにいまひとつ、おもしろい報告がある」

ナルサスが机上(きじょう)の書類をとりあげた。表紙は羊皮紙(ようひし)で、なかは絹の国(セリカ)の紙である。

「チュルクのお客人が」

と彼が呼んだのは、鉄門(カラ・テギン)で捕虜となったゴラーブ将軍のことだ。将軍の口にかかった見えざる鍵をあけるために、ナルサスはごく古典的な手段をとった。美女と美酒とで、ゴラーブ将軍の敵愾心(てきがいしん)は、陽(ひ)なたの薄氷(うすごおり)のごとく溶(と)けてしまったのである。

「チュルク国王カルハナのもとに、顔の右半分を布でおおった異国人が客として滞在しているそうな。かの国を訪れたときには女づれであったと」

なかなか驍勇(ぎょうゆう)武略に富み、カルハナ王の信頼が厚いそうだ。そうナルサスは告げた。

「もはや銀仮面はご着用なさらぬと見える。風とおしもよくないことだしな」

「ミスルでの噂と矛盾する話だ」

「ヒルメス王子はなかなかの偉材ではあるが、翼をお持ちとは聞かぬ。同じ時期に、ミスルとチュルクと、ふたつの国に存在するのは不可能だな」

「どちらかが偽者か」

「あるいはどちらも、な」

ナルサスは愉快そうである。現在の状況を楽しんでいるだけでなく、どうやら敵対勢力を手玉にとるような策略を考えついたようだ。そのことをダリューンは推察した。

「ふたりのヒルメス王子を噛みあわせるのか、ナルサス？」

「おお、わが悪友よ」

楽しげに宮廷画家は笑った。

「おぬしはまったくよく物事の見える男だな。それだけよい眼を持ちながら、芸術に関してだけはまるでよしあしがわからぬというのはどういうわけだ」

「亡き伯父ヴァフリーズの教育でな。まずい食事やへたな絵に接していては感受性が鈍る、近づかぬようにせよ、と、そういわれてきただけだ」

「で、ヒルメス王子の件だが」

やや強引に、ナルサスは不利になりかけた舌戦(ぜっせん)を中断させた。

「ゴラーブ将軍の使途(つかいみち)ができた。あの客人はチュルクに返す」

「それはよいが、送還は誰にまかせる」

「このナルサスとともにパルスの芸術をになう男だ」

「……本人が何というか聞きたいものだな」

「適役だろう？」

「異存はない」

こうして、ゴラーブ将軍をチュルクに送還する使者として、巡検使(アムル)であるギーヴが選ばれたのであった。鉄門(カラ・テギン)でチュルク軍と戦ったとき、彼は、チュルクにも美人がいるかどうか気にしていたから、この使命は望むところであったかもしれない。ギーヴは三百名の兵士を統率することになり、正使(せいし)ギーヴの補佐役として副使にジャスワントとエラムが任じられた。エラムを選んだのは、異国の地理を観(み)てくるように、というナルサスの配慮である。ジャスワントのほうは、彼の存在によってシンドゥラとパルスとの同盟関係をチュルクに見せつける、という政略的な意味があった。むろん、ギーヴが一夜の恋にでもいそがしくなれば、三百名の兵士を統率する実務はジャスワントの肩にかかってくるであろう。

「みんな無事に帰って、チュルクがどんな国であったか私に教えてくれ」

旅が好きだが玉座にあっては思うにまかせぬアルスラーンである。内心エラムがうらやましい。若い国王(シャーオ)が三人の使者にはなむけの言葉を贈ると、ギーヴが意味ありげに答えた。

「おまかせあれ。よくよくかの国じゅうを見てまわり、陛下の御為(おんため)によき女性をさがしてまいりましょう」

廷臣の一部に低いざわめきがおこった。国王の御前でたしかに不謹慎な冗談であった。だが、戦いと冗談とに鍛えられた若い国王は、闊達(かったつ)に笑って応じた。

「そいつは楽しみだ。どうせチュルク一の美女はギーヴが自分のものにする気だろうから、私は二番めでいいぞ」

これには、片目のクバードをはじめとする武将たちの間からも哄笑(こうしょう)が湧きおこり、パルス一の色事師は「恐縮恐縮(ラフールラフール)」とつぶやいて御前を退出した。

一行の出立を十一月二十日とさだめて、アルスラーンは謁見(えっけん)の間から自分の部屋にもどった。書斎と談話室を兼ねる部屋は、王太子時代から使っているもので、厚い絨毯の上に刺繍(ししゅう)のついたクッションがいくつも置かれ、絹の国(セリカ)の黒檀(こくたん)の机、天球儀(てんきゅうぎ)、細密画、食盆(ハーン)などが配置されている。居心地のよい部屋がだいたいそうであるように、中庭の噴水を見おろすこの部屋も、適度にちらかっていた。クッションのひとつに腰をおろすと、アルスラーンは何やら考えこむようすになったが、ほどなく扉が開いてエラムが顔を出した。

「飲物でもお持ちしましょうか、陛下」

「ありがたいけど、エラムはそれどころではないだろう。旅のしたくはいいのか」

「ご心配なく。陛下に飲物をお持ちするぐらいの時間はございます」

エラムの手には、すでに銀製の水差があった。うなずいて、アルスラーンは温かい緑茶の一杯をもらうことにした。緑茶の湯気をあごに受けながら、思いだしたように若い国王が口を開く。

「ギーヴ卿の冗談を、廷臣たちはどう思っているのかな」

「宰相のルーシャン卿は、やれやれ困ったものだ、といいたげなお表情でした」

「ルーシャンはそうだろうな。あれは私に花嫁を迎えるよう毎日いっている。私が早々と結婚したりしたら、生きがいがなくなってしまうのではないかな」

「安心して引退なさりましょう。そして後事はナルサスさまに。そういうところではございませんか」

エラムはナルサスから話を聞いたことがある。国王の結婚は政治上のできごとであり、好き嫌いだけではどうにもならぬ。どうせ政略結婚であるなら先王の遺児と、という選択もあろう、と。

アンドラゴラス王とタハミーネ王妃との間に生まれた女児が結婚してさらに子を産み、

その子が男児であれば、王位を継承する資格がある。そしてその子の父親がアルスラーンであれば、新旧ふたつの王朝は血によって確実に結びつくことになる。「正統の血脈」などというものを、ナルサスはばかばかしく思っているが、政治的に無意味ではないことを知ってもいた。憎みあい抗争していたふたつの王家が、婚姻によって融和したという例は諸国にある。

その件に関して、ナルサスとダリューンはこのとき王宮の廊下を歩みながら低声で語りあっていた。彼らもギーヴの冗談に意味を見出していたのだ。ダリューンがいう。

「おれは思うのだがな、ナルサス。アルスラーン陛下の御心には、すでに誰か住んでいるのではないか」

「ルシタニアの騎士見習のことか？」

無造作にナルサスが答えると、ダリューンは苦笑した。

「何だ、おぬしも気づいていたのか」

ルシタニアの騎士見習エトワール、それはアルスラーンと同年齢の少女エステルであった。聖マヌエル城攻防戦のおり、まだ王太子であったアルスラーンは彼女と出会い、忘れがたい印象を受けたようである。エステルはルシタニア国王イノケンティス七世の遺体を守って故国へと旅立った。それから三年。エステルのことを口に出したことは、アルスラーンは一度もない。心に秘めておいでなのかと、ダリューンは気にかかるのだが、ナルサスの意見はやや異なる。

「あれは恋などと呼ぶ以前のものだ。はしかのようなものだ」

「そうかな」

「あれが結婚に結びつくのであれば、ギーヴなど一年に五百回ぐらいは結婚式をあげねばなるまいよ」

「例が極端すぎるのではないか」

「例というものは極端なほうがわかりやすいからな」

国王の私室の前でナルサスとダリューンは立ちどまり、当直の将であるトゥースに来意を告げた。無口な鉄鎖術の達人は礼儀ただしく、やはり無言のうちに扉の前からしりぞいて、ふたりを奥へ通してくれた。

「やあ、パルスきっての陰謀家ふたりがそろってお出ましだな。今夜は何をたくらんでいるのだ」

親しくアルスラーンは雄将と智将を迎えいれた。エラムをふくめてこの四人は、かつてバシュル山の山荘でパルス再興の計画を語りあった同志である。第一次アトロパテネ会戦直後のことだ。すでに四年前のことになる。

エラムが温かい緑茶と砂糖菓子を用意した。この部屋での談話は、アルスラーンにとっては非公式の重大な会議となるのである。

「あれからまったくいろいろあったな」

回想するアルスラーンの声に、ナルサスが応じる。

「さよう、いろいろございました。これからもいろいろございましょう」

「すくなくとも退屈せずにすみそうだな」

アルスラーンは笑った。自分を不幸だとは思わない。よき友にめぐまれ、おもしろい人生ではないか、と思う。運命を押しつけられた、とは考えたくない。それを乗りきる楽しみを与えられた、と考えたい。市井(しせい)で平凡な一生をつつがなく送りたかった、という気もするが、自分の政事によって世が変革され、市井の平凡な人々につつがない生活を保障してやれるのは、喜ばしいことではないだろうか。

即位の三年間は平穏だった――即位前の一年間にくらべれば、の話である。いくつもの政治的な事件があった。記憶に残る裁判のかずかず。記録に遺(のこ)されぬ陰謀や犯罪の数々。きわどいところで防がれた叛乱(はんらん)。それらに関係して流された噂、つくられた伝説。アルスラーンと十六翼将のさまざまな物語が産みだされている。

カシャーンの城主であったホディール卿の娘にからむ怪事件。ダリューンを訪ねてはるばる訪れた絹の国の旅商人。蜃気楼のごとく砂漠のただなかにたたずむ「青銅都市」の妖異譚。記憶を失ったギランの富豪にまつわる犯罪。ルシタニア軍が王都を占領していた時代に源を発する、凄惨な復讐劇。ラジェンドラ二世に招待されて、アルスラーンがシンドゥラ国を訪問したときに遭遇した密林での事件。パルスの海岸に漂着したナバタイ国の難破船をめぐる事件。あげればきりがない。

めでたいことも数多くあった。いくつかの結婚や誕生。とくにキシュワード卿の結婚と男児誕生はアルスラーンを喜ばせた。

キシュワードは大将軍就任後、妻を迎えたのである。その女性は第一次アトロパテネ会戦のときに戦死をとげた万騎長マヌーチュルフの娘で、パルスでも有数の武門どうしが結びついたわけであった。花嫁の名はナスリーンといい、祖母はマルヤム人であった。きわだった美女というわけではないが、ルシタニアの侵略、父の死という逆境にあって、国内を転々としながら病の母と幼い弟妹を守りぬき、ついに王都回復の日を迎えた。その勇気と思慮をキシュワードは気にいったという。男児が生まれると、アルスラーンが名付親となり、「アイヤール」と命名した。これは「義侠心ある勇者」という意味である。

なお、第一次アトロパテネ会戦に参加した万騎長八名のうち、マヌーチュルフとハイルの二名に関しては戦死の証言がえられた。クルプとクシャエータの二名は今日まで遺体が発見されず行方不明となっているが、戦死したことは疑いない。シャプールとカーラーンの二名は、会戦後にそれぞれ別の場所で異なる死にかたをした。ダリューンとクバードの二名は生き残って、国王アルスラーンの廟堂に列している。参加しなかった四名のうち、ガルシャースフ、サーム、バフマンの三名は非業に斃れ、生き残ったキシュワードがアルスラーンのもとで大将軍に叙任された。かつてパルス最強の戦将として並び称された人々に、天上の神々はさまざまな運命を分け与えたのである。

即位後、アルスラーンはアトロパテネの野に碑をたてて、亡くなった人々の霊をなぐさめた。その碑の文面はナルサスが考えたものである。死者をたたえた後、ナルサスは最後につぎのように記すのを忘れなかった。

「アトロパテネの敗戦は、永く残るべき教訓である。兵の強さに驕り、戦いによってすべてを解決しようと図る愚者は、アトロパテネで流された血に思いを致せ」

とはいうものの、ナルサスは、武力そのものを否定しているわけではなかった。「最小限の武力で最大限の効果を」というのが、現実に対するナルサスの姿勢であった。

この日、非公式会議で最初に持ちだされた話題は、ヒルメス王子のことであった。ミスルとチュルク、東西ふたつの国に出現したといわれる彼を、放置してはおけない。

「それでどちらのヒルメスどのが真物なのだ」

そう問いかけた後、アルスラーンは、自分で解答を見出した。ナルサスは、ギーヴら三名をチュルクに送り出すことにし、ミスルのほうはさしあたって放置している。チュルクのほうを重要視しているのだ。勘だけで判断するのはナルサスのやりかたではない。ミスルからの噂よりも、チュルクのゴラーブ将軍の証言を、ナルサスは重視したのだった。ナルサスのみるところ、ミスルからの噂にはやや流言工作の匂いがするのである。

「するとミスルにいるというヒルメス王子の正体は何者だ」

「ダリューンよ、おぬしはパルス随一の勇者だ。翼なき身としてはな。さて、翼ある身としてパルス一の勇者は……」

ナルサスの視線が窓のほうに動く。そこに止(とま)り木(ぎ)があって、翼を持つ勇者が得意そうに胸を張った。「告死天使(アズライール)」である。

「告死天使(アズライール)がどうかしたのか」

ダリューンが問うのももっともで、このときナルサスの話法はいささかまわりくどかった。

「告死天使(アズライール)の爪に右頬をえぐられて傷ついた男がいただろう」

「そうか、思いだした。ギランの港町にいたあの男か」

ダリューンがひざをたたき、ナルサスは無言でうなずいた。ギランの港町にいた男、それはナルサスの旧友でシャガードといった。かつてはナルサスとともに国政改革の理想を語りあった仲である。だがいつか変心し、海賊と組んで人身売買をおこない、不義の財を積んでいた。アルスラーン襲撃に失敗して、告死天使(アズライール)の爪に右頬をえぐられ、とらえられた。死刑にされても文句がいえないところであったが、アルスラーンは彼の生命をとらず、一年間だけ奴隷として苦労するよう命じたのである。たしかにシャガードであるなら、顔の傷といい、アルスラーンを憎んでいることといい、ミスルの男の条件に一致すると思われた。

「殺すべきところを生かしておいたばかりに後で苦労することになる。今後はさっさと殺してしまうとしよう」

かつてルシタニアの王弟ギスカール公が、難局のなかでそう決意したことがある。アルスラーンにつかえて以来、ダリューンも、ときとしてそう思うことがあった。シャガードにしても、あっさり殺してしまっておけば、外国で策謀をめぐらすような所業(まね)もできぬであろうに。だが、アルスラーンが眉ひとつ動かさず、とらえた敵を殺してしまえるような人物だとしたら、ダリューンやナルサスが心をくだいて補佐(ほさ)する必要もないであろう。

「長所と短所はひとつのものだ。陛下の短所をあげつらって長所をつぶしてしまうほうがよほどこわい」

ダリューンはそう思う。その点をむろんナルサスは心えており、「シャガードを殺しておけば」とはいわない。何といっても旧友である。同時に、彼が生きて策動しているとあれば、パルス国のために利用しようという冷徹さもナルサスにはあるのだ。

「その者がシャガードであるかどうか、完全なところはまだわかりませぬ。ですが想像するに、ミスル国王は、その者をヒルメス王子にしたて、彼を陣頭に押したてて攻めてまいりましょう。旧王家を復活させ、パルスを事実上ミスルの属国にする。そのあたりがミスルのねらいであろうと存じます」

「だがそんなことになれば、真物のヒルメス王子がだまってはいないだろう」

アルスラーンがいうと、ナルサスは、先刻ダリューンに告げた構想を国王に語った。

「そこで両者を噛みあわせます。人が悪いようですが、われらが仕組まなくとも、ふたりのヒルメス王子は抗争せざるをえませぬ。陛下にはお気になさいますな」

ヒルメス王子の存在はひとつの鍵だ。チュルクにせよミスルにせよ、現在のパルスをくつがえすためにヒルメス王子を利用しようとするなら、かならず失敗する。パルスはすでに旧王家の復活を必要としていない。それなのにチュルクやミスルが旧王家を復活させ、パルスに押しつけようとすれば、民衆の反感を買うだけである。

現在のパルスをくつがえそうとするなら、政策をもってせねばならぬ。奴隷解放や土地改革や商業振興よりもすぐれた政事(まつりごと)がある、ということをパルスの民衆に知らせ、信じさせねばならぬ。それをせず、ただ旧王家の血だけを振りかざして、パルスをくつがえすのはむりというものだ。

「諸外国がそう錯覚し、それにもとづいてどのような攻撃をしかけてきましょうとも、かならず失敗させてごらんにいれます。ご心配はいりません」

ナルサスの静かな自信を、アルスラーンはたのもしく思うが、べつのことが気にかかる。

「ヒルメスどのご自身はどうなのだろう。やはり王位を望んでおいでなのだろうか」

ダリューンとナルサスは顔を見あわせた。いかにナルサスでも、この時点でそこまではわからぬ。今後の動きを見てからでなくては、ヒルメスの心情を正確に察することはできぬのである。

「いずれにしても、こちらが踊らされることのないようにいたしましょう」

顔に傷がある、とか、右半面を隠している、とか聞くと、パルスの武将たちはすぐにヒルメス王子を想(おも)いおこす。実際にヒルメスの顔だちをくわしく知る者はそれほど多くはない。右半面の火傷(やけど)の印象があまりに強烈であるため、他の部分は記憶に残らないのだ。

巡検使(アムル)にして宮廷楽士たるギーヴは、ヒルメスとは何かと因縁のある仲だが、銀仮面をかぶった姿しか見ていないので、ヒルメスの無傷な左半面を見せられたとしても、誰のことやらわからないであろう。

「声を聴(き)けばわかるさ」

そうギーヴはいう。事実そうであろう。ギーヴは楽士であり、聴覚も音感もきわだってすぐれている。そのようなこともあって、ナルサスは、チュルクへの使者にギーヴを選んだのだ。彼がチュルクからどのような報告を持ち帰るか、それによってナルサスの政略と武略もさだまるであろう。

「ギーヴが帰国してからのことだ」

いちおうそう結論づけて、ナルサスは話題を転じた。

「さて、王墓管理官(ニザル・ハラーフル)から報告のあった、奇怪な墓あらしの件だが」

「何をねらっていたのだ、そやつは」

ダリューンは首をかしげる。アルスラーンも同感である。深夜にあやしげな音をたて、偶然とはいえギーヴにまで知られるとは、いささか間がぬけているようだ。

「本気ならもっとうまくやったろう。ことさら見つかるようにふるまっていたのではないかな」

「何のために？」

問いはしたが、ダリューンにはすぐ答えがわかった。一種の陽動(ようどう)である。知られることが目的だったのだ。奇怪な事件をつぎつぎとおこし、噂を流し、パルス国内の人心を不安におとしいれる。挑戦でもある。王室の権威など認めぬ、という暗い意図が感じられるのであった。

Ⅲ

「何か対策をたてるか、ナルサス」

「どうしようもなかろう、いまのところは」

「相手の出かたを待つのか」

「まあこちらから動いて、弱みを教えてやる必要もあるまい」

騒げば騒ぐほど、相手はほくそえむ。騒ぎをおこすことが相手の目的なのだから。そ知らぬ表情(かお)でとおし、相手があせって手を伸ばしすぎたときに、その手首をひっつかんでしまえばよい。

「いずれにしても、墓地を荒らされるのは、いい気分ではないな。王墓管理官のフィルダスをとがめる必要はないが、今後、厳重に警備してもらうとしよう。それでよいかな」

「けっこうと存じます、陛下」

る。

アルスラーンの判断力がかたよらず、安定していることをナルサスはうれしく思ってい

くどいほどにナルサスが若い国王に念を押したのは、「正義に酔うな、正義に目がくらんではいけない、自分の正義を他者に強制するな」ということである。むろんナルサスは、不公正や弱者虐待に対する素朴な正義感を否定しているわけではない。権力者には自省と自制とが必要である、といっているのだ。国王と軍師は、つぎのような対話をしたこともあった。

「正義はかならず勝つ、という考え方は、力が強い者がかならず勝つ、という考えより危険でございます」

「だが正義が勝つと信じなければ、人は正しさを求めて行動したりしなくなるのではないか」

「それはひとりひとりの心の問題。現実を見れば、かつて聖賢王ジャムシードは蛇王ザッハークと戦って敗れさりました。正義、あるいは善というものが勝つとはかぎらぬ一例でございます」

さらにナルサスは冷厳な事実をアルスラーンに告げる。

「国王の理想に殉じるような民衆はおらぬとお考え下さい。民衆は聖者ではございませぬ。

国王が神ではないように。まず彼らに利益を与えます。つぎに、その利益が奪われれば困るだろう、ということをわからせるのです」

アルスラーンの存在が民衆の利益にかなうものであれば、民衆の支持を受けることができ、パルスは安定するであろう。だがこれにも程度というものがあって、むやみに利益を与えすぎると、民衆を堕落させることにもなりかねない。まことに、人の世を治めるということはむずかしいが、それがまた王者の楽しみでもあろう。

「パルスはいちおう奴隷制度を廃止することに成功いたしました。その理由は何でしょうか？　奴隷制度廃止が正義であり、正義はかならず勝つからでしょうか。残念ですがそうではございません」

ルシタニア軍がパルスの旧い支配体制を破壊し、貴族や神官などの勢力をたたきつぶしてくれた。ミスルやチュルクなど周囲の国々は国内をかためる必要があり、干渉してくる余裕がなかった。改革者としてのアルスラーンやナルサスにとっては、皮肉な幸運であった。もしルシタニアの侵攻がなければ、パルスではアンドラゴラス王の治世がつづき、神官の特権や奴隷制度がつづいていたであろう。

運がよかったのだ。

むろん運だけではない。運を生かすためには多くのものが必要だった。あたらしい政事の構想。それを実行する技術。そしてそれらを守る力。そういったものが。

アルスラーンの王権が急速に確立した理由のひとつは、軍隊の支持が強固だったことである。キシュワード、クバード、そしてダリューン。先王の御世、大陸公路に驍名をとどろかせた万騎長十二名のうち、生き残った三名が、あたらしい国王に忠誠を誓約した。

この強大な武力を背景として、アルスラーンは国政改革を推しすすめた。奴隷解放がとくに騒がれるが、貴族や諸侯の荘園を解体して農民に土地を分け与え、神官の特権はほとんど廃止し、国内の通行税をへらして商業を発展させるよう努めた。多くの者が、アルスラーンの改革によって利益をえることができた。それがつづくかぎり、アルスラーンは支持される。

奴隷制度を廃止したパルスが安定することは、むろん他国にとってうれしいことではない。現にミスルやチュルクが兵を動かした。今後も、パルスをおさえつけるため、数か国が大同盟を結ぶということもありえる。

「なるほど、反パルス大同盟か。案はよいが、実現するのはむずかしかろう。気にするほどのことはあるまい」

「いや……」

ダリューンの言葉に、ナルサスは頭を振った。智者というより、いたずらこぞうと呼ぶにふさわしい表情が、宮廷画家の顔に浮かんだ。

「むしろおれは反パルス大同盟ができあがってくれるよう願っているのさ。できあがればそれをたたきこわすことができる。だが、最初からばらばらでいられては、こわしようもないからな」

敵の団結をくずし、内部崩壊に追いこむ。軍師ナルサスのお得意技である。かつてアンドラゴラス王の御世に、シンドゥラ・チュルク・トゥラーン三か国の連合軍を、ナルサスは舌先ひとつで追いはらってしまったのだ。

「では、そのときを楽しみにしておこう」

アルスラーンがいい、ダリューンが話題をうつした。

「あれから三年といえば、王太后殿下の娘御はまだ見つからぬようですな」

王太后とは先王アンドラゴラスの妃（きさき）であったタハミーネのことである。夫の死後、出身地であるバダフシャーンに引きこもり、世に出ようとしない。生別した娘に再会することだけが彼女の望みであるようだった。アルスラーンは母后（ぼこう）のために、気候と風光のよい地を選んで館を建て、以前から彼女につかえていた女官たちをそこに配し、充分な年金を送った。祝祭のたびに贈物（おくりもの）をとどけ、またタハミーネの娘をさがすためには全力をつくしている。

いっぽうアルスラーン自身の父母については、血縁を探してはいるが、ほとんど期待はしていない。自分は肉親とは縁が薄いのだ。そう思って半ばあきらめている。何もかも手にいれることはできない、と自分に言い聞かせていた。むしろタハミーネの娘を探しだすことで、自分が肉親と縁が薄いということを忘れようとしている。そんな一面がある。

ナルサスが一言ありげにアルスラーンを見やった。

「王太后の娘御を探しだして、陛下はどうなさるおつもりですか」

「むろん母上と再会してもらう」

「そのあとは？」

「私にとっても義理の姉妹にあたる人だ。王族としての待遇をあたえ、いずれ幸福な結婚をしてもらうつもりだが」

「結婚とはどなたと？」

「先走るのだな、ナルサスは」

さすがにアルスラーンがあきれると、苦笑まじりにダリューンが事情を説明した。アンドラゴラス王とタハミーネ王妃との間に生まれた娘を、アルスラーンと結婚させ、新旧両王家の血を結びつける、というナルサスの構想があることを。

「そんなことは考えてもみなかった」

アルスラーンは正直におどろいた。そもそも、タハミーネの娘をまったく知らないのだから、むりもない。ナルサスにしても、こういう考えがある、というだけで、強制しているわけではなかった。アルスラーンがその気になったところで、相手が承知するとはかぎらぬし、また相手が容姿はともかく性格が悪すぎたりしたら困るというものである。アルスラーンもいやであろうし、そのような女性を王妃とあおぐ国民も迷惑である。

「いま申しあげたことは、すべて政略から来ております。ですが、政略において正しいことが、人倫において正しいとはかぎりませぬ」

「人倫というと？」

「陛下ご自身の御意が問題。お好きな女性がおありなら、その方と結ばれるのが人倫と申すもの」

「そのような女はおらぬ」

「存じてはおりますが今後はどうなるか。政略結婚をおこなった上、お好きな女性は愛妾に、というようなことができるほど、陛下はご器用ではいらっしゃいませんからな」

当人の前で主君をあげつらう。世にこれほどの楽しみはない、というのが、ナルサスの語るところであった。

「むしろ当分、独身であられるほうが、外交的にはよろしいかもしれませぬ。陛下のご結婚を、諸国に高く売りつけることもできますからな」

パルスが今後ますます富強の大国となり、その国王が独身ということになれば、周辺諸国はどうするか。戦って勝つことが不可能であれば、和を結ぶことを考えるであろう。それには婚姻政策が一番よい。諸国列王はあらそってアルスラーンに縁談を申しこんでくるであろう。そうなればパルスがわはよりどりみどり、どこの国の王女でも選ぶことができる。

「なるほど、高く売れそうだな」

アルスラーンは苦笑せざるをえない。

「だがそうなるとむずかしいぞ。どのみち誰かひとりを選ばなくてはならないだろう。とすると他の国からは当然うらまれるし、外交もやりづらくならないか」

するとナルサスは急に何かに気づいたようすで頭をかいた。

「陛下、どうやらわれわれは、まだ咲いてもおらぬ花の色について議論しているようでございますな。ほどほどにしておくといたしましょうか」

すましてアルスラーンがうなずく。

「そうだな、ダリューンとナルサスがそれぞれ妻を迎えたら、私も真剣に考えよう。それが順序というものだろう。おぬしらは私より十以上も年長なのだぞ」

ずっと沈黙していたエラムがくすくす笑いだす。ダリューンとナルサスはみごとに痛いところをつかれ、敗北を認めざるをえなかった。

「ああ、陛下は王太子時代より、はるかにお人が悪くなられた！　ひとえにダリューンめの吐きだす毒気のためでございましょう。まこと、側近は慎重に選ぶべきでございますな」

「毒気のかたまりが何をいうか。おぬしが絵に描けば花もしおれてしまうという、もっぱらの評判だぞ」

「評判をたてているのはおぬしだろうが！　芸術の敵めが」

「いやいや、天の声というものだ。つつしんで聞くべきだぞ」

パルスをささえる智将と雄将の会話とも思えぬ。アルスラーンとエラムは笑いすぎて苦しくなったほどであった。

……そのような会話がおこなわれた後、数日は平穏にすぎて、ギーヴ、エラム、ジャスワントの三名は、ゴラーブ将軍と三百名の兵士をともない、チュルクへの旅に進発した。アルスラーンは彼らを城外まで見送り、無事を祈った。そしてさらに三日がすぎ、エクバターナ城外の貯水池で湖上祭がもよおされる夜となった。

IV

貯水池の広さは東西一ファルサング（約五キロ）、南北半ファルサングにおよぶ。いまそこに三百艘の舟が浮かび、それぞれの舟に灯火がともる。灯火は玻璃製で、表面には色が塗られている。ある舟の灯火はすべて紅、ある舟の灯火は青。黄、緑、紫と各種の色彩がそろって、黒い水面に無数の宝石をばらまいたようだ。

それらの灯火は湖畔にも並び、露店の群を照らしだしている。露店の数は三百におよび、三万人の客にさまざまな酒、料理、菓子、玩具、装飾品などを売りつける。大道芸人、踊り子、占術師、楽士なども集まって、エクバターナの広場のにぎわいが水辺に持ちこまれたようだ。

この祭りは、貯水池の修復を記念することと、冬をむかえて収穫を祝うこと、ふたつの意義をかねて三年前からおこなわれるようになった。全体をとりしきるのは、お祭り好きのザラーヴァントである。

十一月も後半であり、水は冷たい。歩くよりも早く乗馬をおぼえるというパルス人だが、水に対しては苦手という気分がある。それがないのは南方の港町ギランの人々だ。この湖上祭の夜も、ギランから千人をこす人々が国王(シャーオ)に招かれていた。彼らは舟をあやつり、また大きな筏(いかだ)の上で歌舞音曲(かぶおんぎょく)や軽業(かるわざ)を披露(ひろう)してエクバターナの市民から喝采(かっさい)をあびた。

アルスラーン政権が経済上、とくに重視したのは、パルスの南北をつなぐ交通路の整備だった。大陸公路の中枢であるエクバターナと、南方海路の要地であるギラン。この二か所をかたく結びつけ、人と物資の往来を盛んにし、商業を一段と発展させるのだ。これまでいささか疎遠(そえん)だったエクバターナとギランの市民が、同じ場所で交歓(こうかん)する。これもだいじなことであった。

「にぎやかだな。どうやらみんな楽しんでくれているようだ」

湖面を見おろす台座で、アルスラーンがいうと、葡萄酒(ナビード)にここちよく酔ったナルサスがお説教癖(ぐせ)を出した。

「暴君の治世を誰も寿(ことほ)ぎません。陛下がよき政事(まつりごと)をなされればこそです」

「心しておくよ、ナルサスやダリューンに見すてられないように」

アルスラーンがきまじめに答える。ここでナルサスをからかったのはダリューンである。

「さよう、陛下の政事がナルサスの絵のようになったあかつきには、このダリューン、どこぞの山に引きこもることにいたします。えせ芸術が国を滅ぼした悲劇を書物にまとめ、後世のいましめといたしますぞ」

何といい返してやろうか、と、ナルサスが考えるうちに、ふたたびアルスラーンがいった。

「ギーヴが浮かれて踊りだしそうな夜だな。チュルクに送りだすのは、この祭りがすんでからにしてやればよかった」

冬の山道を不平たらたら旅しているであろうギーヴの姿が想像され、一同は笑いをさそわれた。ようやくナルサスがダリューンに対する反撃の台詞を考えつき、口を開こうとしたとき、アルスラーンが手をあげて舌戦を制した。彼の眼は、三十歩ほど離れた座のすみに向けられた。

笛の音が月光に乗ってゆるやかに舞う。

女神官ファランギースが奏する水晶の笛である。俗人にはわからぬが、彼女の周囲を精霊たちが飛びかい、踊りまわっているのであろう。周囲の人々は女神官をさまたげるようなことはせず、ひっそりと息をころした。

やがて笛をおさめると、ファランギースは国王の御前に進み、うやうやしい一礼につづいて言上した。

「精霊たちが口々に申します。今宵の楽しみをねたむ者どもが、夜陰に乗じて悪戯をたくらもうとしておるゆえ注意せよ、と」

「悪戯とは？」

「ひとつには幾艘かの舟を沈めて騒ぎをおこし、いまひとつには水中に毒を投じて人々を苦しめようとしておる由にございます」

「ふせげるか」

「ご心配にはおよびませぬ」

念のため兵士をつれていくようアルスラーンは指示した。湖上や湖畔の灯火をながめやって、彼は美貌の女神官にささやいた。

「なるべく民衆に不安を与えぬようにしてくれ」

「心えました」

ファランギースは一礼して若い国王の御前から退出し、ただちに馬上の人となった。一連の動作が舞うように優雅で、人々の感歎をさそうのは、いまにはじまったことではない。

「あのまねはいつまでたってもできないよ」と、アルフリードなどは溜息をつくのである。

ダリューンやナルサスは国王の左右を離れぬ。アルスラーンの身辺を守る必要もあるし、彼らがあわただしく国王のもとを離れたりしたら、人々が何ごとかと思うであろう。

ほどなく騒ぎがおこった。湖上で月を愛でつつ歌いさわいでいた舟の一艘が、にわかにひっくりかえったのである。悲鳴がおこり、歌声が中断した。さらにもう一艘が大きく揺れてくつがえる。「水中に何かいるぞ」との叫びがおこり、湖畔にいた人々があわてて水ぎわから離れた。万騎長クバードも、湖畔の座で酒を楽しんでいたが、この騒ぎに眉をしかめた。

「せっかくの祭りに、騒ぎをおこすのはどこの無粋者だ」

銀杯を放りだしてクバードは立ちあがった。酔うほどにはまだ飲んでいない。せいぜい他人が泥酔する量の五割ましというところである。彼は酒豪であり、彼をしのぐ者がアルスラーンの宮廷にいるとしたらファランギースくらいのものであろう、という評判である。

そのファランギースが、かろやかに馬を走らせてきたので、クバードも自分の馬にまたがった。大剣を腰に佩く以外、武装はしない。体内で酒精が燃えているので寒さも感じなかった。ほらさえ吹かねば、勝利の神ウルスラグナさながらに威のある男である。

「女神官どの、何ぞおぬしでなくては手に負えぬ人妖でも出てきたか。先だっては、王墓が荒らされたとやらいう話も聞いたが、これもそやつらの悪戯かな」

「可能性はある」

馬の足をゆるめず、ファランギースが答える。

「王墓あらしの件、ギーヴの申すことゆえ、いささか割り引いて聞いておった。あの男にとっては、つまらぬ事実よりおもしろい虚構のほうがたいせつじゃからな」

「その態度は、まあ、あながち誤りとはいえんな」

先王の御世から「ほら吹き」という異名をとるクバードは、まじめくさってギーヴを弁護した。めずらしいことである。宮廷では、ギーヴとクバードはファランギースをめぐる恋敵と目されていた。賭けまでおこなわれている。「どちらがファランギースどのを射とめるか」ではなく、「どちらが早くファランギースどのにふられるか」というのが賭けの内容である。男どもにとってはさぞ不本意なことであろう。

現在ギーヴが王都に不在であるのは、クバードにとって好つごうであるはずだが、ファランギースのほうは男どものつごうにあわせる気などないらしく、周囲に透明な壁をきずいて男どもを寄せつけないのであった。

ファランギースとクバードは馬を並べて夜の湖畔を駆けた。二十騎ほどがそれにつづいている。雲が流れ、月は地上に白銀色の縞を投げかけた。湖上では、ひっくりかえった舟の周囲を他の舟がかこみ、人々の騒ぐ声が波と風に乗って伝わってくる。

やにわにファランギースが馬上で弓をかまえた。流れるような動作で矢をつがえ、射放した。クバードの眼には、夜のただなかに向けて射たようにしか思えなかったが、一瞬の後、ごくわずかな硬い音がクバードの耳にとどいた。それにつづいて、おどろきと狼狽の気配がつたわる。闇にひそんでいた何者かが、ファランギースの神技によって、服を樹木の幹に縫いつけられたのであった。

大剣を抜き放ち、馬をあおってクバードは突進した。布地の裂ける音が、馬蹄のとどろきにかさなった。闇にひそむ者は、服地の一部を犠牲にして、どうにか身体の自由を回復したのだ。だがそのときには、クバードの騎影が眼前に立ちはだかっていた。立ちすくんだ人物が、いそいで片袖で顔をかくす。

「魔性の身にしてそれを誇示し、世の平穏を乱すか」

「……」

「ま、平穏ばかりでも活気に欠ける。騒がすのもときにはよいが、どうせならもうすこし堂々とやれ。おぬしらのやりようは陰険でいかん」

へらず口をたたきながら、クバードの身ごなしには隙がない。そのことは異形の者どもにもよくわかったと見えて、むやみに斬りかかってはこなかった。憎悪と敵意に満ちた息づかいが、クバードの前方と左右で夜気を乱す。

それも長くはなかった。音もなく黒影が跳躍した。クバードの大剣が宙にうなった。黒影を両断したかに見えた。だが黒影は大剣の刃の上に立っていたのだ。半瞬の空白。黒影がクバードの開いた右眼に向けて細刃を突きたてようとしたとき、夜風が裂けた。もんどりうって黒影は地に跳ねた。ファランギースの第二矢が、曲者の左腕を射ぬいていた。

すばやく曲者は起ちあがったが、フードがずれて、若い、蒼ざめた顔がまともに月光にさらされた。

ファランギースが声を放った。

「グルガーン!?」

その声はクバードに意外の感を与えた。美しく誇り高い女神官がとりみだすことがあるとすれば、この事態がまさにそれであった。ファランギースが第三射を中断させたため、相手は落命をまぬがれた。すかさず反撃すれば、ファランギースに傷をあたえることができたにちがいない。だが相手はファランギース以上に動揺した。呆然と立ちすくむばかりで、逃げることさえできぬ。とっさにクバードは手首をひるがえした。大剣の刃でなく平で、曲者を殴りつけようとしたのだ。頸すじにしたたかな打撃をくらって、グルガーンと呼ばれる曲者は大きくよろめいた。身体をささえきれず、ぶざまに地に転がる。馬からとびおりたクバードが曲者を組み伏せようとしたとき、蛇に似た数本の影が宙を走ってきた。クバードの大剣が、三本までそれを斬り払う。四本めがクバードの右手首に、五本めが顔にあわや巻きつこうとする。細い刃が月光をはじき、くねった布が死んだ蛇のように地に落ちた。ファランギースの剣に両断されたのである。

荒々しい息づかいが闇のなかを飛びかい、ふいにかき消えた。夜風が音をたてて走りぬけ、男女ふたりの戦士が後に残された。異形の者たちが逃げさり、追ってもむだなことは明らかであった。

「女神官どのは、かの異形の者をご存じか」

クバードは問いつめる気はなかった。ファランギースが否定すれば、そうかとうなずくだけである。ファランギースは白はきらなかった。

「あの者の兄を存じておった」

冷静な声であったが、クバードの思いこみであったろうか、微妙な揺らぎが感じとれたのである。

「ま、大事にいたらず幸いというものだ」

大剣を鞘におさめて、クバードは馬首をめぐらした。無言でファランギースもそれにならった。

クバードのいうとおり大事にはいたらなかった。三艘の舟がくつがえされ、六十人が水中に投げだされたが、全員が救助されて水死者は出なかった。国王からは、彼らに対して見舞の銀貨と葡萄酒が贈られた。民衆は若い国王の気前よさをたたえ、たちまち不祥事は忘れさられた。

祭りは夜半すぎまでつづき、民衆の満足のうちに終わった。国王の近臣たちの間では、何やらささやきかわされたが、その声は外部には洩れなかった。ファランギースのようすも、とくに変わったことはなかった。王都エクバターナは静かに冬をむかえようとしており、アルスラーンたちは日常の政事をおこないつつ、ギーヴたちの帰国を待つのであった。

V

パルスの王都エクバターナが湖上祭でにぎわっている夜。西方ミスル国の首都では、国王ホサイン三世が、お祭りとは無縁の表情で王宮の奥まった一室に座している。

「なるほど、シンドゥラ国王ラジェンドラ二世は、おぬしの口車に乗らなかったか」

海路帰国した使者を王宮に迎えて、ミスル国王ホサイン三世は口もとをゆがめた。表情には失望がむきだしになっている。右頬に傷を持つ男の機略に、ホサイン三世はけっこう期待していたのであった。

口ほどもない奴と思った。マシニッサも意外に器量が小さいと見えるし、彼の両翼となるべき者どもがこうも頼みにならぬのでは、ミスル百年の計もこころもとないかぎりである。どうやら国王がひとりで策をめぐらし、思いのままに部下どもを道具としてあやつる。それ以外になさそうであった。

「まことに面目ございませぬ。この不名誉をつぐなうために、つぎの機会をお与えいただければ幸いですが、罰を受けましても陛下をお怨みはいたしませぬ」

怨まれてたまるか、と、ホサイン三世は思ったが、口には出さなかった。ただでさえ人材がすくないのだから、これ以上へらすわけにはいかぬのだ。それにしても困った。

ホサイン三世のみにとどまらぬ。パルスの周辺諸国が危惧するのは、「奴隷制度廃止」の波がそれぞれの国をおそい、のみこみ、社会に大混乱がおきることであった。ゆえに、パルス国王アルスラーンを打倒してパルスに奴隷制度を復活させる。その共通の目的によつて、諸国は団結できるであろう。ただ、そのなかで主導権をにぎるには、切札が必要であった。切札がなければ自分の手でつくるだけのことだ。このまま手をこまねいていては、パルス国をくつがえすことはできぬ。安全だけを求めていてもしかたがない。思いきって行動すべきではないか。ホサイン三世は口を開いた。

「おぬしの正体は、パルス旧王家の生き残りであるヒルメス王子ではないのか」

ホサイン三世の問いはあまりに唐突であったから、男は表情だけでなく全身をこわばらせた。いや、問いかけたホサイン三世のほうでさえ、内心で、早まったか、という気になつていた。

だが口に出してしまうと、ホサイン三世の頭脳は急速に活動をはじめた。どう考えても他に方法はない。とすれば先手をとって事態を主導したほうがよかろう。そう思い、たたみこむように言葉をつづけた。

「どうじゃ、予を信じて告白してくれぬか。けっして悪いようにはせぬ。おぬしにもよかれと思うていうておるのじゃ」

即答はなかった。だが答えは決まっているようなものだった。

「仮にそうだと申しあげたらいかがなさいます」

ホサイン三世はその答えにとびついてみせた。

「なるほど、やはりそうか。だが、ヒルメス王子の顔の傷は火傷(やけど)であるそうな。だがその傷、焼けたものとは見えぬ。真におぬしはヒルメス王子なのだな」

ホサイン三世の演技は巧妙だった。右頬に傷のある男にしてみれば、「さよう」と答える以外に途(みち)はない、という気分にさせられたであろう。そして、そう答えた後いったいどういう運命が自分を待つか、思いをめぐらせずにはいられなかった。だが充分に考えるには、時間的にも心理的にも余裕がなかった。ついに彼は答えた。

「まことにヒルメスでござる」

「よろしい。それを聞いて予も安心した」

ホサイン三世はうなずき、左右の掌(てのひら)を打ちあわせた。御前にかしこまった侍従を近く呼びよせ、低声で何ごとかを命じる。おどろきの表情をたたえて侍従は引きさがった。

ほどなくあらわれたのは、マシニッサ将軍と屈強な兵士八名、それに医師の帽子をかぶった三人の男だった。マシニッサはホサイン王に深く一礼すると、何やら奇妙な目つきで、右頬に傷のある男をながめやった。男は、目に見えぬ不吉という名の鳥が、冷たい羽先で彼の背すじをなであげるのを感じた。ホサイン三世がいう。

「まことのヒルメス王子であれば、顔の傷は火傷でなければならぬ。だがそうは見えぬ以上、そう見えるようにせねばなるまいて。のう、ヒルメス王子」

右頬に傷のある男は蒼ざめた。彼に顔を焼け、と、ホサイン三世は強要しているのである。

「おぬしは断言したのだ。覚悟を決めよ。予は考えておるのだ、ヒルメス王子をパルスの玉座につけ、奴隷制度を復活させ、しかる後にわが王室の娘を娶わせて、両国の絆を永遠のものにしよう、とな」

「パルスの玉座……」

男はうめいた。両眼に熱っぽく野望の灯火がともる。男の表情を観察しつつ、ホサイン三世は心にうなずいた。彼の陰謀は成功に向かっていた。

「まあそこにすわるがよい。胸襟をひらいて話しあいたいものじゃからな」

ホサイン三世が男に飲ませようとしたのは魂の毒酒であった。椅子に腰をおろした男に、ホサイン三世は語りかけた。

「現在のパルス国王アルスラーンは、旧王家の血を引かぬと公言しておる。血統が問われぬのであれば、何ぴとがパルスの玉座をえてもよいはずだ。ましておぬしが真にヒルメス王子であるなら、正統性はおぬしにこそある。そして予は正義に与しようと思うておる」

ホサイン三世の底光る眼が、男の額に浮かぶ汗の玉をとらえた。

「で、おぬしの覚悟だ。簒奪者アルスラーンと戦って奴を打倒し、玉座をえるだけの覚悟があるか」

「………」

「なければしかたない。予としても、不覚悟者ひとりにミスルの国運を賭けるわけにはいかぬ。金貨の百枚もくれてやるから、明日じゅうにこの国を去れ」

ホサイン三世がマシニッサにむけて手を伸ばすと、肉の厚い掌にマシニッサが金貨の袋をのせた。それをホサイン三世は男の足もとに投げだした。

重苦しい沈黙は、長くつづかなかった。男は口を開き、かすれた声を咽喉から押しだした。

「覚悟ならござる」

「後悔はせぬな？」

「いたさぬ。パルスの玉座をわが手に」

「よろしい」

ホサイン三世はうなずき、はじめて破顔した。

「ではこの酒を飲め。阿片がはいってな、苦痛をやわらげる」

国王が医師にむけて指を鳴らすと、男の前に陶器の杯が運ばれてきた。満たされた黒い液体を、男はほとんどひと息に飲みほした。

杯を卓におくと、男はマシニッサにうながされ、床に敷きつめられた絨毯の上にあおむけに横たわった。左右の手足を、兵士がひとりずつかかえこんで押さえつけ、五人めが腹の上にまたがった。六人めが頭を押さえつける。残る二名の兵士は医師の指示で油薬や包帯の用意をはじめた。そしてマシニッサは火のついた松明を持って、男の傍にひざをついた。

「ヒルメス殿下、お赦しあれ。これも主命でござれば」

「早くすませてくれ」

「ではごめん。お怒りと憎しみは、どうかパルスの簒奪者めにお向け下さいますよう」

かかげられた松明が下に向けられた。すさまじい悲鳴が部屋をゆるがした。肉の焼ける悪臭がホサイン三世の鼻を刺し、ミスル国王は眉をしかめて、香油の小瓶(こびん)を鼻に近づけた。

……やがて舞台は別室にうつり、治療をすませた医師たちが、うやうやしい一礼をのこして控えの間にしりぞいた。寝台では、顔を包帯につつまれた男が低いうめき声をもらしつづけている。枕頭(ちんとう)には、看護にあたる奴隷女(どれいおんな)がひっそりとひかえていた。マシニッサが息苦しさを振りはらうように、ホサイン三世に語りかけた。

「それにしても思いきったことをなさいましたな、陛下」

「別にそれほど思いきったわけでもない。他人の顔だ。予自身の顔なら焼く気にはなれなかったであろうよ」

そっけなくホサイン三世はいいすて、寝台に近づいた。乾いたひややかな眼で包帯の男を見おろす。顔を近づけ、「ヒルメス卿」と呼びかけると、うめき声がとまった。とりつかれたような声がミスル国王に応えた。

「パルスの玉座を……」

「わかっておる。約束は守る。おぬしを遠からずパルスの国王(シャーオ)ヒルメスとして即位させてやろうぞ」

ホサイン三世はわずかに語調を変え、ささやくように問いかけた。

「ところで参考のために尋(き)くが、おぬしのほんとうの名は何というのだ」

「シャ……」

「ほう、シャ？」

「シャ……ガ……ちがう、わが名はヒルメス！」

「ふむ、なるほど」

苦笑してホサイン三世は身を起こした。思ったより性根のすわった男かもしれぬ。いったんヒルメス王子と名乗ることを決意したからには、それで押しとおそうというのだ。

マシニッサが両眼を光らせた。

「真実を告白させましょうか、陛下」

「真実はいまおぬしも聞いたとおりだ。この御仁はパルスの王族ヒルメス殿下だ」

ホサイン三世は声に威圧をこめた。

「マシニッサよ、そのつもりでこの御仁に対せよ。将来のパルス国王に対して非礼は許されぬぞ。心しておけ、よいな」

「か、かしこまりました」

深く一礼するマシニッサを退出させると、ホサイン三世は思案をめぐらした。野心のために顔まで焼いたこの男には、さっそく誰ぞミスル王室の娘を嫁にくれてやろう。男児が生まれれば、将来はパルス国王となるはずだ。

「そうなればヒルメス二世以降、パルス王室にはわがミスル王室の血がまじることになる。何とめでたいことではないか」

低くホサイン三世は笑った。その笑声は壁や天井に達するより早く、空気に吸いこまれて消えてしまい、誰の耳にもとどかなかったのである。

第五章　仮面兵団

I

ギーヴ、エラム、ジャスワントの三名が、三百名の兵士や捕虜とともにチュルクの国都ヘラートに到着したのは、十二月十五日のことである。すでに冬にはいって、山国の寒気は厳しく、道は凍って旅人たちを苦労させた。峠では霧と雪がかわるがわる渦を巻き、雪崩にも遭遇した。死者が出なかったのが幸いであった。

「こういう日は若い女の肌で温めてほしいものだ。百枚の毛皮より、千杯の葡萄酒より、そのほうがありがたい」

しみじみというギーヴの隣でジャスワントは慄えている。恐怖のためではない。南国うまれのジャスワントは、暑熱には強いが寒冷は苦手であった。この点、ジャスワントを使者のひとりとしたのは最善の人選ではなかったが、外交技術の点からはやむをえぬことであった。

チュルクの国土は全体的に標高がたかく、陽光が強烈であるため、人々の肌は浅黒く灼けている。チュルク女性の外見に対するギーヴの採点はきびしかった。

「それに匂いがなあ。山羊の脂の匂いがどうも好きになれぬ。やはり女はパルスが一番いいようだ」

「絹の国の女性もずいぶん美しいと聞きますが」

からかうつもりでエラムがいうと、ギーヴはまじめくさって記憶の糸をたぐった。

「ギランの港町で絹の国の女も愛でてみたが、いい味でも最高とはいえなかったように思うぞ。やはり絹の国の本国に行ってみないとなあ。ダリューン卿なんぞが行っても、宝の山にはいって手ぶらで帰るようなものだ」

ギーヴの口数が多いのは、ひとつには、寒さで舌の回転が鈍らないようつとめているのである。ジャスワントはとうに舌が凍えてしまったらしく、鉄鎖術の名人トゥースのように無口になっていた。たまに口を開くと、パルス語とシンドゥラ語で「寒い寒い」とくりかえすばかりである。

灰色の曇空であったため、ヘラート市民が自慢する夕陽は見られなかったが、階段宮殿の偉容は、パルス人たちの目をみはらせた。彼らは王都エクバターナの栄華に慣れているが、これほど天にむけてそびえたつ巨大な建物は見たことがない。高い塔ならエクバターナにもあるが、階段宮殿は幅も広く奥行もある。数千の窓が陽を受けてきらめき、エラムには、千眼の巨魔(エフタロキア)が勝ち誇ってパルス人たちを見下しているようにも感じられた。

「窓のひとつごとに女がいるとしたら、チュルク国王もかなりの好き者だな」

どこまでも自分を基準にしてギーヴはいったが、案内のチュルク兵にみちびかれて宮殿にはいると、パルス国王の使者らしく、もっともらしい表情になった。その気になれば、ギーヴはいくらでも上品かつ優雅にふるまえるのである。

謁見(えっけん)の大広間で、ギーヴたち三名はチュルク国王カルハナと対面した。石の床が温かいのは、床下に管をめぐらし、炉(ろ)であたためた煙を流しているからだという。玉座は木製の台で、雪豹(ユーズ)の毛皮が敷かれていた。型どおりの挨拶。上等の葡萄酒(ナビード)や真珠(ベイラ)などの贈物(おくりもの)。

そしてカルハナ王はすぐに本題にはいった。

「では当然の質問をさせてもらおう。パルスと和平することによって、わが国にどのような利益がもたらされるのかな」

「申しあげるまでもないこと。和平そのものが利益でございましょう。賢明な陛下にはとうにおわかりのはずと心えます」

ギーヴが愛想よく答えると、カルハナ王は皮肉っぽく口もとをゆがめてみせた。

「誰にとって有利な和平か、それが肝要(かんよう)なところではないかな。パルスが必要としておるほどに、わがチュルクは和平を望んではおらんのだ」

「陛下はお気が強くていらっしゃいますな。ですが……」

ギーヴに舌をふるう時間を与えず、カルハナはいいつのった。

「パルスが本気でわがチュルクとの和平を望んでいるのであれば、せめてチュルク語をしゃべれる使者を派遣してきたらどうだ。予はこうしてパルス語をしゃべっておるが本意ではない。だが、まずパルス国王からの贈物(おくりもの)は受けとっておこう」

カルハナ王が「贈物」を見やった。葡萄酒や真珠ではなく、平伏して慄(ふる)えているチュルク人の将軍を。

「ゴラーブよ、よく帰ってまいったな」

「は、は……」

「まったく、よく帰ってまいった。帰れば何かよいことでもあると思うてのことか」

カルハナ王の声は氷片となって広間に降りそそぎ、パルスからの使者たちも背に悪寒をおぼえた。会話はチュルク語であったが、事情を知るさまたげにはならなかった。

カルハナ王が何ごとか侍臣(じしん)に命じると、パルス人たちにとって奇妙な光景があらわれた。扉のひとつが開くと、少年たちが広間にはいってきたのだ。人数は八人、年齢は十歳から十五歳と思われた。腰に剣をさげ、山羊(やぎ)の革を紐のように細くして編みあげた軽い甲(よろい)を着こんでいる。なかのひとりが、パルス人たちに敵意をこめた視線を突き刺しながら、両手にかかえた棍棒をゴラーブ将軍の足もとに投げだした。

「汝が非才無能なるによって、みすみすパルス兵どもに殺された兵士らの子じゃ。父親の無念を晴らし、敗将の罪を問い、パルスに対する憎しみをふたたび確認するために予が呼びよせた」

カルハナ王は、敗北した将軍に強烈な叱咤をあびせた。

「ゴラーブ、棒をとれ！」

鞭うたれたように、ゴラーブ将軍は床に落ちた棍棒をひろいあげた。チュルクでも有数の武将であるはずだが、顔に血の気はなく、全身が慄え、棒を持つ手もおぼつかない。

八人の少年が剣を手にゴラーブを包囲した。その剣はパルスの短剣よりは長いが、長剣というほどではない。剣の刃はわずかに反りかえっている。それを振りかざし、無言のうちに包囲の環をちぢめた。

奇声を発して、少年のひとりがゴラーブに突きかかった。ゴラーブは棒をふるって剣を払いのけた。強烈な力で少年がよろめく。すかさずゴラーブは棒で少年の脚を払った。少年が床に横転する。それより早く、べつの少年がゴラーブの背に飛びかかった。ゴラーブは反転して、少年の剣を棒でうち落とす。広間じゅうに奇声と刃音が満ち、十八個の沓が石の床を鳴らしてとびはねた。

さすがに少年たちの手には負えないか、と思われたのだが、棒で打たれた少年のひとりが床に転がりながら剣を横に払った。刃がゴラーブの右足首に喰(く)いこんだ。ゴラーブがよろめき、棒を床に立てて身をささえる。少年たちが前後からゴラーブにむらがり、剣を突きたてた。引きぬいてはまた突き刺す。苦鳴と血が飛び散り、しだいに低くなり、ついにゴラーブは人間の形をした血のかたまりとなって床にくずれた。

八人の少年が血ぬれた剣を床に立ててひざまずくと、満足そうにカルハナ王はうなずいた。

「パルスの使者たちよ、これがチュルクのやりかたじゃ。厳格であればよいというわけではないが、無能にして任を果たしえなかった者は、当然、罰を受けねばならぬ。そうではないか」

声をかけられたギーヴは、せいぜいすずしげな表情をつくって答えた。

「私めのように非才な者には、パルスのほうが住みやすうございますな」

「ほう、パルスの新王は無能者に対してやさしいか」

「無用にお厳しくはあられませぬ。たとえば、ゴラーブ将軍にも子がいることを、わが国王(シャーオ)ならばお忘れにはなりますまい」

カルハナ王のやりかたは厳酷(げんこく)ではあるが、一面では筋が通っている。敗軍の将を処刑するにあたり、戦死した兵士の遺族にそれをやらせる。むなしく兵を死なせた罪に対しては、そのやりかたがたしかにふさわしいかもしれない。だが、と、エラムは思った。

「一面の筋は通っているかもしれないが、好きにはなれない。この王は臣下を恐怖で支配しようとしている。アルスラーン陛下とはちがう」

パルス人たちの反応を、カルハナ王は冷笑で受けとめた。少年たちを退出させ、ゴラーブ将軍の血みどろの遺体を運び去らせると、パルス人たちに向きなおる。あいかわらず冷笑をたやさぬ。

「どうせパルスと戦うのであれば、おぬしらを鏖殺して宣戦の証としてもよいのだ。そうなりたいか」

「そいつは小人の業と申しあげるべきですな。一国の王のなされようとも思えませぬ」

ギーヴは平然としている。すくなくともチュルク人たちの眼には、こづらにくいほど平然として見えた。彼を使者としてナルサスが選んだ理由のひとつがそれである。

「カルハナ陛下、陛下が英雄でいらっしゃるのなら、無力な使者たちを殺して快哉を叫ぶようなことはなさいますまい。歓待して送り出すこそ王者の度量と申すもの」

「おぬしは陽気な曲にあわせて葬式の歌をうたう男のようだな。まあよい、すこしさえずってみよ」

「わがパルスとシンドゥラとは、かたい同盟によって結ばれております。かくのごとく、使者のうちにシンドゥラ人もふくまれております」

「存じておる。寒いなかをご苦労なことよの」

カルハナ王の皮肉を、ギーヴは無視した。

「チュルク一国で同時に二国を相手に戦えると、そうお考えですか」

「戦えぬこともあるまい。策はあるぞ。教えてやるわけにはいかんがな」

カルハナ王は薄く笑った。異相であるだけに、そのような表情をつくると、ギーヴですら鼻白むほど邪悪な影がゆらめく。カルハナ王は単に邪悪な人物というわけではない。必要とあれば邪悪にも冷酷にもなれる人物なのだ。

「この国王とヒルメス王子とが本気で組んでいるとすれば、かなり危険だぞ」

エラムはそう思わずにはいられなかった。ヒルメス王子がこの国にいるかどうか、質問したところでまともな答えが返ってくるとも思われぬ。よほどに注意して、必要なことを探りださなくては。そう決意しつつ、エラムは注意ぶかく表情を消していた。

II

パルスからの使者たちは宿舎に案内された。

宿舎の周囲に、それほどの兵力は配置されていない。だからといってチュルク国王が友好的であるという証明にはならなかった。峠ごとの砦が門を閉ざして道を遮断すれば、パルスの使節団は谷から出ていくことはできぬ。

宿舎の建物は石づくりで窓が小さく、壁が厚い。陰気な感じではあるが、寒気がきびしい土地であるから、こういう建築方式になるのはしかたない。

「陛下が私どもを使者にお選び下さったのは、みすみす敵の手のうちに落ちはすまい、というお考えからでしょう。何とか目的を達して脱出し、チュルク王をくやしがらせてやるとしましょう」

ジャスワントがめずらしく口を開いて力説した。どうにもチュルクの国王が好きになれないようすである。その気分は、エラムにもよくわかった。ギーヴはというと、荷物を部屋に置くが早いか、さっさと外出しようとしている。

「ギーヴ卿、どこへ？」

「知れたこと、チュルクの風俗を視察してくるのさ。おぬしらも同行するか」

ギーヴが関心のある風俗といえばどういうものか、エラムにもジャスワントにもよくわかっている。ほうっておくと非常にかたよった視察の結果が出そうなので、ふたりは同行することにした。兵士たちには休息するよう命じて、ジャスワントは毛皮の上衣を着こんだ。

宿舎は高台にあり、市街へは坂道を下らねばならなかった。冷たく乾いた空気のため、咽喉（のど）や鼻が痛くなってくる。道はむきだしの土で、歩くたびに埃（ほこり）がたつ。「ろくでもない街だな」と不平を鳴らしたギーヴが、空に視線を向けた。黒々とした鳥の群が灰色の空に舞い、その下に石の塔がそびえている。不審そうなギーヴの表情に、ジャスワントが答えた。

「死者の塔と呼ばれるものでしょう。チュルクには鳥葬（ちょうそう）の風習がありますから」

「するとゴラーブ将軍の遺体もあそこに？」

「さて、それはどうでしょうか」

ジャスワントは首をかしげた。他国人の目からは奇怪な風習に見えるとしても、鳥葬は神聖な儀式であるはずだ。ゴラーブ将軍は敗戦の罪を問われて処刑された、いわば罪人であるから、鳥葬にしてもらえるかどうかわからない。寒空を舞う鳥の群から眼をそらせると、三人は埃っぽい坂道を街中へと歩いていった。

パルスの使者たちがチュルク風俗の視察に出かけている間、カルハナ王は自室に客将ヒルメスを呼んで語りあっていた。ミスル国のホサイン王にくらべると、カルハナ王は謀将にめぐまれているといえる。

パルスからの使者たちの件は、あとまわしになった。北方国境を巡察して、ヒルメスはトゥラーン国の状勢をさぐってきたばかりのところである。

三年前、パルス侵略に失敗したトゥラーンは、精鋭の大部分を喪った。猛将タルハーンをはじめとして戦死した宿将は数知れず、当時の国王トクトミシュまで死者の列に加わった。もっともこれは王族のイルテリシュに弑殺されたのだが、そのイルテリシュも敗軍のなかで行方不明となり、トゥラーンは指導者不在となってしまったのである。そのトゥラーンを手のうちにおさめることからはじめよう、と、ヒルメスは提案したのであった。

カルハナ王は小首をかしげた。

「だがトゥラーンは貧しい土地。攻略してもあまり意味はあるまい」

「逆でござる」

と、ヒルメスはいう。トゥラーン本土を攻略するのではなく、トゥラーン生き残りの戦士たちを雇ってチュルクの傭兵とするのだ。多くの精鋭を喪ったとはいえ、生き残った者や、侵攻に参加せず本土防衛にあたっていた者を集めれば、一万や二万にはなる。彼らも、彼らの家族も、これから将来生きつづけねばならぬが、トゥラーン本土には遊牧以外に産業があるわけでもない。彼らは困窮しており、しかも大規模な侵攻ができる態勢にはないので、細々と掠奪をしてまわるしかない。そこでチュルク国王が彼らに報酬を与え、パルスやシンドゥラを襲撃させるのだ。他国にとっては大きな脅威となるであろう」

「なるほど、良策じゃな。だが、トゥラーンの宿将はことごとくパルスのために敗亡してしまった。一万以上の騎兵を指揮統率できるような人物がおるか」

カルハナ王がその点を懸念すると、ヒルメスがすぐに応じた。

「おまかせ願えれば、私めがその任にあたらせていただきましょう」

「おぬしがやってくれるか。それこそ願ってもないこと。全権をゆだねるゆえ、思いのままにやってくれ」

カルハナは、無能と思う者に対しては厳酷だが、いちど信頼してまかせれば太っ腹であった。ヒルメスとしては、この信頼関係が長くつづいてくれることを願っている。だが、ぎりぎりのところでは、たがいに自分自身の立場を優先させることになるのであろう。

「資金も必要なだけ費ってくれ。何ぞとくに望みはないか」

「ではお言葉に甘えて、銀色の仮面を百個ほどつくっていただきたく存じます」

「仮面を？」

「さよう、百騎ごとに指揮者をおき、彼らにそれをかぶらせます。パルスの者どもは、それを見ておどろき惑いましょう。どれが真物のヒルメスか、と」

「おもしろい、さっそくつくらせるとしよう。チュルク国開闢以来の仮面兵団というわけだな」

カルハナ王は手を拍った。ヒルメスはさらに告げた。すでにトゥラーンとの国境で、金貨千枚をトゥラーンの長老たちに渡し、戦士をすぐってチュルクの都へラートに送りこむように求めた、と。

「ほう、それは迅速なことだ」

感心したようにうなずいたが、カルハナ王の両眼が半瞬だけ針のような光を放った。表情を消して、ヒルメスはその眼光を受けとめた。あまりに手ぎわがよすぎると、よけいな警戒心を持たれるかもしれぬ。さりげなく彼は話をつづけた。

「年が明ければ、ただちに一万の騎兵団を編成し、シンドゥラ国に攻めこむことができましょう」

「だがこれから長い冬にはいる。山岳地帯をこえてシンドゥラに征くのは困難であろう？」

「冬なればこそ」

　それがヒルメスの返事である。冬、雪と氷と冷風をついてチュルク国から出撃してくるとは、シンドゥラがわでも思っていないであろう。虚を突くことができる。

　温暖なシンドゥラを劫掠してまわり、風のごとくチュルクに撤退する。寒冷に弱いシンドゥラの兵が、雪山をこえてチュルク国内まで追ってくることは不可能だ。せいぜい国境をかためて、それ以後のチュルク軍の南下を阻止するだけのことしかできぬ。シンドゥラ国王ラジェンドラ二世は、自軍の損耗をさけるため、パルス軍の応援を依頼するであろう。そうなったとき、事態はつぎの段階にうつる。

「楽しみなことだ。ところで」

　カルハナ王は話題を転じた。パルスから来た使者についてである。彼らが宮殿にはいってきたとき、ヒルメスはその姿を蔭から目撃した。旧知の者か、と、王は問うた。

「あの者であれば見おぼえがござる。旅の楽士だの吟遊詩人だのと称して、いつのまにやらアルスラーンの側近にいすわってしまった男」

「ふむ、道化者か」

　カルハナ王が鼻に皺をよせて軽蔑の表情をつくった。ヒルメスは静かに頭を振って、カルハナ王の即断をたしなめた。

「舌も達者なれど、剣と弓はそれにまさるやもしれませぬ。かの者を使者に選んだのは、おそらく軍師のナルサスと申す者でござろう。アルスラーンの宮廷には、なかなか、道化めかした異能の者が多うござれば」

ヒルメスの声には単純ではないひびきがあった。ひとりの部下もない自分の身をかえりみたのであろう、と、カルハナ王は推察した。カルハナ王はヒルメスに館を与え、従者もつけたが、幕僚(ばくりょう)は貸さなかった。かえってやりにくかろう、と思ったのだ。

かつてヒルメスにはザンデという幕僚がいた。万騎長(マルズバーン)カーラーンの息子であり、何かと役に立ってくれたが、幾年も音信がとだえている。トゥラーン人のなかから有能な人物を選んで幕僚とすることになりそうだった。それに、チュルク人の軍監(ぐんかん)をつけてくれるよう、カルハナ王にこちらから頼む必要があるであろう。それが政治的配慮というものであった。

III

トゥラーンから千人の戦士がヒルメスを訪ねて来たのは、十二月十九日のことである。ヒルメス自身も「ほう」とおどろいたほど、トゥラーン人の反応はすばやかった。北方の厳しい冬が、風に乗ってトゥラーン本土を支配しつつある。家族とともに生きのびようとするなら、ああだこうだと論議などしている余裕はなかった。ヒルメスの提案に飛びつくしかなかったのである。

ヒルメスはさっそく彼らを引見した。

二十代から四十代にかけての年齢の者はすくない。パルス侵攻の失敗が、トゥラーンにとってどれほど重大なものであったか、よくわかる。働きざかりの青年や壮年が、パルスの野に累々と死屍を並べたのである。

「よく来てくれたが残りの者は？」

ヒルメスが問うと、パルス語に通じているらしい初老の男が一同を代表して答えた。現在、伝令が国じゅうを駆けまわり、志願者を募っている。千騎あつまるごとに隊列を組んでチュルクへと向かっている。年内に一万騎をこすであろう、と。

「わかった。一万騎がそろったところで、チュルクには食糧と衣服を送らせよう。兵士にはひとりあたりチュルク銀貨五十枚を与える。また今後、掠奪した物資の半分はチュルク国王陛下に献上することとして、残りはおぬしらで分配せよ」

初老の男がヒルメスの言葉をトゥラーン語に通訳すると、歓声があがった。

「ところで、おれが思うに、おぬしらの父親や兄弟たちがパルス軍に敗れたのは、パルス軍より弱かったからだ。それを認めるか？」

ヒルメスが口調をあらためて問うと、トゥラーン人たちは不満の表情に変わった。自分たちは武勇においてパルス人に劣らぬ、敗れたのは詐略ゆえだ。そう彼らの表情が語っている。

「ちがうな。かさねていうが、おぬしらの父兄が敗れたのは、パルス軍より弱かったからだ」

冷然とヒルメスは断言した。

「実力では負けておらぬが、詐略に敗れた。あるいは運がなかった。そんな風に思っているかぎり、いつまでも勝てはせぬ。勝った者が強いのだ。それこそトゥラーン人の信条ではなかったのか」

反論はなく、戦士たちは苦しげに沈黙した。

チュルクとトゥラーンとは、遠い祖先を共有する。だが長い時をへて、文化的にも風俗的にも多くの差異がうまれた。遊牧生活をつづけるトゥラーン人は、山間に定住したチュルク人を、ともすれば見下す傾向があり、チュルク人は逆にトゥラーン人を「根なし草」と蔑む。いま困窮してチュルク国王から俸給を受けねば生きていかれぬ、というのは、トゥラーン人としては不本意なことであろう。

「むりにチュルクのためと思うことはない。おぬしらがおれの命令に忠実であれば、おのずとチュルクのためになり、何よりもトゥラーンのためになるのだ」

「心えております。御意のままに働かせていただく所存でございますが、長たるあなたさまをどのようにお呼びすればよろしゅうございますか」

「そうだな、銀仮面卿とでも呼べ」

かつて同じような会話をザンデとかわした、そのことをヒルメスは想いおこした。トゥラーン人たちはヒルメスの顔をながめやって、やや不審な表情をつくった。だが代表者が問うたのは、べつのことである。

「われらはまず、いずこの国と戦うことになりましょうか」

「南下してシンドゥラを討つ」

ヒルメスは言い放ち、トゥラーン人一同を見わたした。

「シンドゥラを苦しめればパルスが出てくる。かならず出てくる。大地を撃つ鎚がはずれぬように、この予測はかならず的中する」

「パルス人どもに報復できますか？」

少年のように若いトゥラーン人が、ぎごちないパルス語で尋ねた。

「世に返り討ちということもあるからな。パルスに報復したいのであれば、一万騎が完全におれの指先ひとつで動くようになることだ。単に勇者が一万人集まっただけではパルス軍のよい獲物にされるだけのことだぞ」

その日、カルハナ王のもとから百個の銀仮面がヒルメスのもとにとどけられた。さらに一万の木綿(もめん)の頭巾(ずきん)もとどいた。銀仮面はかつてヒルメスがかぶっていたのと同じもので、士官が着用する。頭巾は両眼と口の部分だけが開いており、兵士がかぶることになっていた。

こうして仮面兵団の編成が進んだ。トゥラーン人によって編成され、パルス人によって指揮され、チュルク国王によって養われる、それは異形の軍隊であった。

いっぽう、パルス人たちは宿舎で半ば軟禁状態にある。彼らが街に出てトゥラーン人の姿を見かけたらまずいことになる、というので、カルハナ王が彼らの外出を禁じたのであった。ただ一度の外出で、理想の美女とめぐりあえなかったギーヴは、広間で炉(ろ)の炎を苦々しげにながめていた。

「どうも策(て)づまりだな。奴らが時間をかせいでいることは明白だが、といってこちらから飛び出すわけにもいかん」

薪(まき)を炉に放りこみながら、エラムが応じる。

「何のために時間をかせぐのか、それも知りたいところですね」

「まあどうせ人泣かせの悪事をたくらんでいるに相違ないが」

まるで善人のようなことをギーヴはいった。さらに毒づいて、カルハナ王の顔まであげつらう。

「第一、国王のあの面を見ろ。極悪非道と手をとりあって双生児で生まれてきたという面だ。あんな奴をのさばらせておいたら、世のなかの女はみんな不幸になってしまうぞ。すててはおけんな」

さしあたり男たちが不幸になっても、ギーヴとしては何ら痛痒を感じないのであった。だがどうやら神々の罰が下ったらしい。ほどなくカルハナ王の使者が訪れて、ギーヴは不幸な目にあうことになるのである。

広間にはいると使者はすぐ用件を告げた。

「国王陛下よりのお達しでござる。パルス使者団におかれては、明日の夜明けまでに宿舎を引き払われ、帰国の途につかれたい」

いきなり退去を求められて、エラムはおどろくと同時に腹をたてた。

「帰れとの御諚であれば帰りますが、カルハナ王より国書でもいただけるのでしょうか」

「陛下はむだなことがお嫌いでござれば」

「すると、いまいちど謁見をお願いしても、どうせだめでござろうな」

　これはギーヴである。皮肉の棘も、使者の厚い面皮を傷つけることはできなかった。

「お察しのとおりでござる。国王陛下はすでに避寒のため離宮におもむかれてござれば。ではたしかにお伝えいたしましたぞ」

　使者が去った広間で、ギーヴたち三名は憮然たる顔を見あわせた。

「チュルク国王は、かたじけなくも、どうやらわれわれを都から追い出し、凍死するという名誉をたまわるおつもりらしいな」

「パルスと本格的に戦う覚悟があってのことでござろうか」

　ジャスワントが眉をあげると、エラムがそれに答えた。

「もしパルス軍が攻めこんでも、天険に拠って撃退する自信があるのでしょう」

　いずれにせよ、こうなっては帰国を急ぐ必要がある。これから一日ごとに寒気はつのり、雪の量も多くなる。山道の旅はさらに困難となるだろう。チュルク国王の悪意が判明した以上、いすわるのは無用というものであった。

「よし、今回のところはおとなしく引きあげてやろう」

　ギーヴが結論を出した。

「おれたちに判断がつかぬことでも、宮廷画家どのならわかるだろう。生きてパルスに還り、なるべく正確に事情を報告することだ」

ギーヴのいうことは堂々たる正論であった。エラムもジャスワントも感心したのだが、すぐに楽士は私心をあらわした。

「とにかく、おれはパルスの佳き女たちに再会するまで死ぬ気はない。こんな山羊脂の匂いのたちこめる国で一生を終わったりしては、ファランギースどのに申しわけないわ」

エラムやジャスワントには、それほど山羊脂の匂いは気にならないのだが、何しろギーヴは女性ひとりひとりの体香をみごとに嗅ぎわける男である。いったん気になると、女性を賛美する心情も萎えてしまうのだった。

ただちに出立の準備をととのえることになって、ジャスワントの指示を受けた兵士たちがあわただしく動きはじめた。荷物をまとめ、馬を引き出して並べる。ギーヴとエラムは炉の前で対策を話しあった。

パルスからつれてきた兵士たちは、とくに強健で機敏な者を選んである。戦いかたによっては千人の敵と渡りあえるだろうが、地形と気象とが大きな障害となりそうであった。

「それに食糧も必要です。外の店で買い求めてきましょう」

「売るなという命令が出ているのではないかな」

ギーヴは危惧したが、エラムは無事に大麦粉や乾肉を多量に入手することができた。もっとも、この成功はむしろエラムの疑惑を誘った。油断させておいて、帰途を急襲するつもりではないか。そうすれば、いったん売りつけた食糧を回収することもできるのだから。

エラムの疑惑は正しかった。同時刻、ヒルメスは、仮面兵団の千騎に出動を命じていた。パルス人たちを山間で襲撃するのだ。カルハナ王の意を受けてのことである。

「全員を殺しますか、銀仮面卿」

「その必要はない」

トゥラーン兵の質問に対し、いったんそう答えたものの、ヒルメスはすぐに訂正(ていせい)した。

「いや、全員を殺すつもりでかかれ」

パルス兵は強いし、その指揮者はふざけた男ではあるが異数(いすう)の剣士である。鏖殺(おうさつ)する気で戦って、どうにか戦果をあげることができるであろう。ことに若い兵士に実戦を経験させるという目的がある。またトゥラーン兵は平原での乗馬技術は無双だが、雪の山道での乗馬には慣れていない。仮面兵団の実戦能力を、ヒルメスはまとめて確認するつもりだった。

Ⅳ

チュルクの山道を騎乗(きじょう)しつつ、ギーヴは不機嫌であった。暗くはならないが、とにかく機嫌がよくない。何のために、佳き麗しきパルスの国から、こんなろくでもない国に来たのか。

カルハナ王の悪意を象徴するように、暗い空から雪片が舞い落ちてきた。よほどギーヴはうっとうしい気分になったらしい。灰色の天をあおいで、ひどい喩えを持ちだした。

「こいつはたまらん。性悪の女に金銭を巻きあげられたあげく、悪い病気をうつされたようなものだ」

「そういう経験があるのですか」

いささか意地わるくエラムが問う。ギーヴは女から金品を巻きあげたことはあっても、その逆はないはずだ。

「いちいちあげ足をとるなよ。ものの喩えというものだ。おれが女だったら逆のことをいうさ」

ジャスワントが前方から馬を返してきた。エラムやギーヴより一枚よけいに毛皮の服を着こんで、丸々と着ぶくれしている。褐色の顔がこわばっているのは、寒さのせいだけではなかった。

「気づいておいでですか、先ほどから奇妙な一隊があちらの道を進んでおります。われわれと同じ方向に、同じ速度で」

道の右側は谷間。その向こうがわにも道がある。ちらつく雪をすかして、騎馬の隊列が見える。その先頭に馬を進める騎士は、どうやら頭部に仮面をかぶっているようだ。

「銀仮面⁉」

エラムは息をのんだ。

師のナルサスから、ヒルメス王子がチュルクの客将となっている可能性については充分に告げられている。心していたつもりである。それでも、実際にその姿を見るのは、やはり衝撃であった。たがいの距離は二百ガズ（約二百メートル）ほど。谷間がなければ、馬を駆ってたちまち白兵戦となるであろう距離である。

「おやおや、ついにお出ましか」

皮肉っぽくいいながら、ギーヴは、服から雪を払い落とした。

「しかし最後までもったいぶって隠れているかと思ったら、この期におよんでのこのこあらわれたか。何をたくらんでのことやら」

ギーヴは言葉を切り、わざとらしい動作でエラムをかえりみた。

「おい、エラム、このいまいましい国は、おれの眼まで悪くしてしまったらしい。銀仮面が幾人もいるぞ」

おどろいてエラムは谷の向こうがわを見なおした。風が吹きぬけて雪が白い幕をひるがえす。それがおさまったとき、エラムは見たくもない光景を見てしまった。騎馬の隊列の各処に、銀色の仮面が鈍い光を放っているのだった。五個まで算え、ばかばかしくなってやめてしまう。

「どれが真物……？」

「あるいはすべて偽者かな」

ギーヴの声は明るい。陰気な寒さよりも、目に見える強敵と渡りあうほうが、ギーヴにとってはよほど好ましかった。いったんこの男が陽気な戦意をいだく状態になると、百万の大軍でさえ、この男を恐怖させることはできない。

エラムも敵を恐れはしなかった。だが何とも不気味な敵だ。銀仮面をかぶらない者も、何やら黒っぽい頭巾をつけて顔を隠している。どうやらチュルクの正規軍ではなさそうだが、ではいったいどこのどんな軍隊か。見当もつかなかった。

「右側に盾を向けておけ。矢を射かけられるかもしれんぞ」

ジャスワントが指示し、パルス兵たちは隊列の右側に盾を並べた。雪の降りかたはしだいに強くなり、谷をはさんでの両軍の行進は二千を算える間つづいた。

それが終わったのは、谷の幅がいちじるしくせばまったからである。巨石の上に木材を組んで、美しくはないが頑丈な橋がかかっていた。手摺のないその橋を、仮面の軍隊が渡ってきたのだ。橋板をとどろかせ、馬上に剣を抜き放ち、敵意をあらわに殺到してくる。用意はしていた。ジャスワントの命令で、パルス兵は盾の陰に身をかくし、橋上の敵に矢をあびせた。十頭ほどの馬が倒れ、橋から転落し、血と雪にまみれて兵士がころがる。だが左から右へ強い谷風が吹いているため弓勢がそがれ、たいした損害は与えられなかった。白兵戦になった。ギーヴの眼前に、銀仮面の騎士が躍り立つ。

「……ヒルメス王子⁉」

返答があった。声ではなく剣で。鞘鳴りにつづいて刀身が銀色の閃光を放った。高く鋭く、とぎすまされた金属が衝突する。銀仮面の斬撃はギーヴの剣にはじきかえされていた。たてつづけに五、六合を撃ちあって、いったんギーヴは刃を引き、馬をしりぞかせた。

「こいつ、ヒルメス王子ではない」

そうギーヴは判断した。声を聴く必要はなかった。銀仮面の剣勢は強烈であったが、技の洗練に欠けていた。ヒルメス王子であれば、もっと円熟した、隙のない剣技を披露するであろう。

猛然と銀仮面が斬りつけてきた。撃ちこまれる白刃を巻きこみ、手首をひねる。金属音が耳を刺し、銀仮面の剣は持主の手から離れて宙を飛んだ。銀仮面も体勢をくずし、よろめき、馬上からもんどりうって雪道に落ちた。すかさず斬りおろそうとしたが、騎手を失った馬がギーヴの乗馬にぶつかったので、その間に銀仮面は雪にまみれつつ味方の列に逃げこんだ。

　このときギーヴの視線が宙の一点をとらえた。雪山の一角から濃い灰色の空へ向けて、黒煙が立ちのぼっている。何ごとか、と思う間もなく、強風が黒煙を吹きとばしてしまい、渦まく雪と風のなかでさらに斬りあいがつづいた。

　エラムは橋の近くに馬を立て、弓をかまえ、橋上の敵をつぎつぎと射落としていた。ジャスワントの剣も右に左にひらめいて敵を馬上から斬って落とす。しばらくは敵味方が橋と道とのせまい空間にひしめいて混戦をつづけた。そしてギーヴが剣の血雫を振りおとしたとき。

　またしても銀仮面の男があらわれた。馬蹄に雪を蹴散らしてギーヴに近づく、その手綱さばきが自信に満ちている。斬ってかかったパルス兵が、一合の火花を散らすこともかなわず、ただ一刀で雪の上に斬り落とされた。ふたりめの兵があごの下から血の虹を走らせ、鞍上からもんどりうつ。銀仮面は呼吸もみださず三人めの相手と刃をまじえた。それがギーヴだった。

　刀身が擦れあい、異音とともに火花を噴きあげた。銀仮面の手首がひるがえり、すさまじい刺突がギーヴの咽喉をねらう。手首と同時に胴体をひねって、ギーヴはそれを受け流した。ふたたび火花が散乱し、銀仮面の表面がそれを受けてあわい虹色にきらめいた。

「もしかして、こいつは真物(ほんもの)……？」

戦慄(せんりつ)の氷刃が、大胆不敵な楽士の背すじをすべりおりた。だが圧倒されてばかりはいないのが、ギーヴの持味である。

「お痛わしや、ヒルメス殿下。流浪のあげくこのような辺境で剽盗(ひょうとう)に落ちぶれなさるとは。アルスラーン陛下に慈悲をこえば、王宮の門番ぐらいにはして下さろうものを！」

銀仮面が怒りの声をあげれば正体が知れる。そう思っての挑発であったが、銀仮面は無言のまま斬撃をあびせつづけた。斬りこみ、はねかえし、激闘二十余合におよんだとき、風の音を圧して角笛(つのぶえ)の音がひびきわたり、谷間に渦をつくった。それに馬蹄のとどろきがかさなった。疾走してくる騎馬の群。その先頭に黒い旗がひるがえっている。

「ゾットの黒旗だ！」

エラムが叫んだ。自分自身のおどろきと喜びを、彼は味方の兵に投げつけた。

「見ろ、ゾット族がわれわれを救いに来た。援軍が来たぞ！」

歓声があがり、風に乗って谷間を走った。

実際、白と灰色とが支配するこの世界で、雪風にはためく黒旗は、パルス兵にとって神々の聖なる衣服に見えたのである。

仮面の部隊はたじろいだ。彼らはトゥラーン人であり、ゾット族の名を知りはせぬ。だが統率のとれた剽悍な戦士の群であることは一目瞭然であった。

ギーヴはさとった。先ほど雪空に黒煙が立ちのぼるのが見えたのは、ゾット族がチュルク軍の砦に火を放ったからである。これは偶然のことではありえなかった。アルスラーン王なりナルサス卿なりが、あらかじめ策を打っていたにちがいない。

ゾットの黒旗をかかげて一騎が走る。それに並んで走る一騎は、馬上に弓を横たえ、仮面の軍隊とすれちがうつど、近矢で射落としていく。ギーヴにさほど劣らぬほどの技倆であり、いかにも不機嫌そうな若々しい顔に、エラムたちは見おぼえがあった。ゾット族をひきいるメルレインである。

この若者にはかなり頑固なところがあって、いまだに「自分は仮の族長」という態度をくずさない。彼にいわせれば、妹のアルフリードこそが女ながら族長となるべきであるのに、王都に住みついて、宮廷画家と結婚するやらしないやら、けじめがつかぬ。しかたなく彼が留守をまもり、一族をとりまとめているというわけだった。

声をかけようとするエラムに目もくれず、メルレインは混戦の渦を騎馬でつっきった。ギーヴと勝負がつかぬまま、銀仮面が人馬の波で分けへだてられている。メルレインは矢を放った。

矢は寒風を裂いて飛び、銀仮面の乗馬の頸に命中した。悲痛ないななきと雪煙をあげて馬は横転する。やった、と、メルレインは思った。弓を放りすて、剣を抜き放つと、自分の馬を駆った。馬蹄の左右に雪を蹴散らして、落馬した敵にせまる。銀仮面の男は、四年前にメルレインの父ヘイルターシュを殺した仇であった。正体が王子であろうと何国人であろうと、メルレインには関係ない。

だが、メルレインの剣尖が銀仮面に触れる寸前、横あいから斬撃がおそいかかった。激烈な一合の直後、メルレインは思わず声をあげてしまった。銀仮面を守った相手は、やはり銀仮面だったからである。

「何の茶番劇(ハザージ・エ・ムジユタツス)だ！」

メルレインがののしるうちに、混戦は潮が引くように終熄(しゅうそく)していった。仮面の兵団は騎乗したまま地上から味方の戦死体をすくいあげ、橋を渡って退却した。むろんパルス軍は深追いしなかった。

剣を鞘におさめて、ギーヴが礼をいうと、おもしろくもなさそうにメルレインは答えた。

「宮廷画家どのの依頼でな、おぬしらより十日おくれて国境をこえた。今回、正規軍を動かせぬからということでな」

「なるほど、もっともだ」

ギーヴは諒解した。正規軍をチュルク国内に侵入させれば何かと問題がおきる。ゾット族が勝手に国境をこえたということであれば外交的に弁解がたつ。たとえ事実が見えすいていても、体裁をつくろっておいたほうが、この場合はよいのである。

味方の損害を調べる。三百名の兵士のうち戦死者二十一名、重傷者十三名、軽傷者八十名であった。激闘のわりにすくない犠牲ですんだのは、皮肉なことに寒さのおかげであった。甲冑の上からさらに着こんだ毛皮が敵の刃や鏃をふせいでくれたのである。ジャスワントなど、寒い上にいちばん着ぶくれしていたせいで動きが鈍くなり、十四か所も斬りつけられたが、軽傷ひとつですんだ。さしひき損得なしというところである。死者は雪のなかに埋め、遺髪のみを祖国へ持ち帰ることになった。ゾット族をふくめて五百人あまりに増強されたパルス軍は、重傷者を守ってすばやく引きあげていったのである。

仮面の兵団も、半ファルサング（約二・五キロ）ほど離れた山中で損害を調べ、隊をたてなおした。これ以上パルス兵を追う必要はない。帰国した彼らは仮面の兵団について語り、パルス軍はその正体について当惑するであろう。

「先ほどはよく助けてくれた。礼をいうぞ」

ヒルメスが声をかけたのは、若いトゥラーン騎士であった。脇に銀仮面をかかえ、素顔を寒気にさらし、雪の上に片ひざをついている。二十歳にはなっていないようだ。甲冑に赤い斑点がついているのは返り血であり、勇戦のほどをしめすものであった。

「名を聞いておこう、何と申す」

「ブルハーンと申します」

彼をとりまくトゥラーン人たちの、やや冷淡な表情にヒルメスは気づいた。ほめられた者に対するねたみでもなさそうだ。何か事情がありそうだ、と思って問いをかさねたところ、若者は告白した。彼の兄はジムサという名で、トゥラーンの勇将のひとりに算えられていたという。

「わが兄は不覚者でございます。パルス人の奸計にはまり、味方を大敗にみちびいたあげく行方知れずになりはてました。信じとうはございませぬが、おめおめとパルスの宮廷につかえているとも聞きおよびます。私は未熟非才ではございますが、銀仮面卿のおんもとで武勲をあげ、さらにパルス国王を討って、兄の汚名をそそぎたく思っております」

ぎごちないパルス語がヒルメスの記憶をよみがえらせた。チュルクの都ヘラートで「パルス軍に報復できますか」と問うた声である。もともとそれほど多弁な若者とも思えないが、これまでよほどいいたいことをこらえていたのであろう。大きくうなずいて、ヒルメスは若者を激励した。

「よくわかった、今後の働きを楽しみにしておるぞ」

さらにトゥラーン兵一同に向かい、兄の罪を弟につぐなわせるような態度をつつしむようとした。ブルハーンは感動したのであろう。さらに深く、雪が髪につくほど頭をさげた。

V

ミスル国の冬は、チュルク人から見ればとても冬という名に値しない。北方の海から風は吹きつけてくるが、暖流の上を渡る風だから、身を切るような冷たさはなかった。空は瑠璃色に晴れわたり、野は常緑樹の葉におおわれて、緑が絶えることはない。ミスル人をうらやまずにすむのはシンドゥラ人ぐらいのものであろう。それでもさすがに服の袖は長くなるし、家々の炉には火がいれられる。

王宮の奥まった一室で、ミスル国王ホサイン三世がひとりの人物に語りかけていた。

「どうだな、ヒルメス卿」

そう呼びかけられた男は、広い豪奢な寝台にあおむけに横たわっている。顔じゅうが包帯につつまれ、両眼と鼻孔、口の部分だけが外気にさらされていた。ホサイン三世に向けて視線が動き、口も動いたが、声は発せられなかった。ホサイン三世はべつに返事がほしいわけでもなかったようで、持参してきた木の箱を寝台の端におき、蓋をひらいた。

「おぬしのために、これを用意させた。パルスの王冠を頭上にいただくまでは、これがおぬしの被りものじゃ」

ミスル国王ホサイン三世が箱から取りだしたもの、それは頭部全体をおおう仮面であった。黄金でつくられており、ホサイン三世の掌にはさまれて、それは燦然とかがやいた。

「風聞ながら、ヒルメス卿はかつて銀色の仮面をかぶって戦場を疾駆し、パルス兵やルシタニア兵の胆を冷やしたとか。このたびは黄金の仮面によって、王者の威光をしめし、僭王アルスラーンめをおびやかしてやるがよい」

銀より黄金がまさるというわけである。このあたり、ホサイン三世の美的感覚はかなり俗っぽい。ナルサスやギーヴが聞けば鼻先で笑うであろう。だがホサイン三世には彼なりの思案があった。どうせ真物のヒルメスがかぶっていた銀仮面と、まったく同じものがつくれるわけがない。実物を見たミスル人はいないのだから。だとすれば、いっそ徹底的に演劇じみてみるべきだ。どうせこれは偽者にパルスの王位を与え、ミスル王家の血統によってパルスを乗っとるという大しばいなのだから。

「ヒルメス王子」は包帯の隙間から黄金の仮面を見つめた。両眼は煮えたぎる坩堝で、野心と、やり場のない憤怒とが噴きこぼれそうである。彼は短いうめき声をあげると、両手を伸ばして黄金仮面を受けとった。

ホサイン三世は病室を出た。「ヒルメス王子」が完全に彼の支配下にあることを、彼は確認したのである。満足であった。だが、「ヒルメス王子」が健康に活動できるようになるまで十日はかかるだろう。その間、ホサイン三世は国王としてさまざまな政務を処理せねばならない。彼には八人の妃がおり、彼女らを公平にあつかわねばならないというのも、国王としての義務である。

十枚ほどの詔書を読んで署名した後、ホサイン三世は謁見の間で六十人ほどの男女と会い、贈物を受けとったり陳情を聞いたりした。なかのひとりが奇妙な客であった。筋骨たくましい男で、ひげ面だがまだ年齢は若いようだ。その男はパルス人であると名乗り、思いもよらぬことを語りはじめたのである。

「私はザンデと申す者。父子二代、ヒルメス殿下におつかえ申しあげてござる。殿下がパルス国を去られてより、私も諸国を放浪しておりました。このたびヒルメス殿下がミスル国の客将として滞在しておられると聞きおよび、馳せ参じたしだいでござる」

微力ではあるがヒルメス殿下のお役に立ちたい、お目どおりさせていただきたい。そう告げて、ザンデと名乗るパルス人の青年は、額を床にこすりつけた。表情からも言葉からも、この青年のヒルメス王子に対する忠誠心に偽りはない。そうホサイン三世は看てとった。感動はせぬ。かろうじてホサイン三世は舌打ちをこらえた。このような忠臣があらわれたのでは、「ミスル国にいるヒルメス王子」が偽者だと見ぬかれてしまうではないか。せっかくの謀略が成立しなくなってしまう。

殺すか。

その決意がホサイン三世の胸に湧きおこった。だが御衛の兵士たちに命じる寸前、さらに狡猾な考えがひらめいた。ホサイン三世は咳ばらいして声と呼吸をととのえ、頭をあげるようザンデに声をかけた。

「おぬしの忠誠心、見あげたものだ。ヒルメスどのもさぞ心強く思われよう。いや、まったく、予もヒルメスどののようによい部下がほしい」

「ではヒルメス殿下に会わせていただけまするか」

ザンデが眼をかがやかせると、ホサイン三世は手をあげておさえた。重々しく彼はパルス人に告げた。ヒルメス王子は先日、不慮の事故にあい、顔を傷つけた。もとからの火傷の場所なので、顔そのものの傷は大事ない。だが傷が声帯におよんだので、うめき声しか出なくなった。しばらく治療と静養が必要なので、面会させることはできぬ。十日もすれば会わせてやるから、しばらく客館で待機しているがよい。

「お痛わしいことでござる。くれぐれも殿下のご治療をよろしくお願いいたてまつる。御恩は忘れませぬゆえ」

涙を流してザンデは頼みこんだ。ホサイン三世は同情をこめて承知してみせ、侍従に命じてザンデを客館に案内させた。

国王の傍で沈黙していたマシニッサ将軍が、声をひそめて進言した。

「あの者、生かしておくわけにはまいりますまい。今夜にでも私めが兵を引きつれ、客館を焼きうちいたしましょう」

「誰もそんなことは命じておらぬ。よけいなことをせずともよい」

「は、ではございますが……」

「あのパルス人は役に立つのだ。まあだまって見ておれ。軽挙は許さんぞ」

マシニッサはやや不満げに退出した。ホサイン三世はさらに数人との謁見をすませ、その日の政務を終えた。

ホサイン三世はザンデの忠誠心を利用するつもりであった。口をきかない仮面の男を、ザンデはヒルメス王子と信じ、忠誠をつくすであろう。そして、以前からの忠臣がつかえているということで、仮面の男が真物のヒルメス王子であるという信憑性が増す。ホサイン三世にとって願ってもないことである。

「いずれあのザンデという男、真実に気づくかもしれぬ。そのときこそ殺せばよい。いまヒルメス王子の忠臣を殺せば、よけいな疑惑をまねくからな」

ホサイン三世は玉座から立ちあがり、私室へと歩みはじめた。たしか今夜は二番めの妃とともに夕食をとり、そのあと寝室にはいる予定になっていた。二番めの妃はかつては美しく才気に富んでいたが、最近やたらと脂肪と嫉妬心がふえ、あつかいにくくなっている。正直あまり気乗りしないのだが、他の妃と同様に愛しんでやらねばならぬ。国王の私生活もなかなかたいへんなのであった。

VI

パルス国王の宮廷画家にして副宰相であるナルサス卿が、何やら考えこんでいる。王宮は新年祭の準備でいそがしいのだが、式典の実務はナルサスの任ではないから、彼はかえって暇であった。それで王宮内の自室に絵の道具をひろげ、画布にむかって筆を動かしているのだが、どこか心ここにあらずの態であった。やはり暇なアルフリードが昼食をつくって差しいれに来る。アルフリードの料理は、すくなくともナルサスの絵よりはるかにうまい、というのがダリューンの評価である。うるさいエラムが異国に行っている間に、アルフリードはナルサスの身辺の世話をするつもりだった。

「ナルサス、何を考えこんでるの。エラムのことだったら心配いらないよ。五、六回殺されなきゃ死ぬような子じゃないさ」

「いや、心配するくらいなら送り出したりせぬ。べつのことなんだ」

ナルサスが語ったのは、とうの昔にかたづいたはずの王墓あらしの件であった。

「どうもこのごろ気になるのだ。何かだいじなことを忘れているようでな」

「でも土がすこし掘り返されていただけで、柩には手がつけられてなかったって聞いたけど」

「そうだ。柩の表面は何ごともなかった。だが柩の内部はどうだっただろう。アンドラゴラス王の遺体はほんとうに無事だったのか」

アルフリードの顔に不安が翼をひろげた。それを見てナルサスは苦笑した。

「ばかばかしい、おれはいったい何を気に病んでいるのかな」

「そうだよ、ナルサスらしくもない」

そこへ、これまた暇なダリューンがやってきた。ナルサスの絵をひと目見るなりいったものである。

「ほう、あたらしい絵か。題名をあててやろうか。『混沌』というのだろう？」

「まだ決めてはおらん」

「それ以外に決めようがないと思うがなあ」

そういわれた瞬間、ナルサスは筆をとり落とした。呆然と宙をにらんでいる。不審に思ったダリューンが床に落ちた筆をひろいあげ、「どうした」と尋ねた。絵の悪口をいわれたくらいでナルサスが自失するはずがない。かなり長い沈黙の後、うめくようにナルサスは口から声を押し出した。

「……してやられたかもしれぬ」

「おぬしがしてやられた？　どういうことだ」

「何かが頭脳の隅にひっかかっていたのだ。その正体がようやくわかった。地行術だ」

「地行術？　何だ、それは」

ナルサスは説明した。それはアルスラーン王太子の一行が合計六名にすぎず、ペシャワールの城塞めざして危険な旅をつづけていたときのことだ。カシャーンの城塞を出た後、仲間とはぐれてナルサスは単独の騎行をつづけ、途中でゾット族の少女アルフリードと出会った。同行して旅するうち、人の死に絶えた村で一夜をすごした。その村で奇怪な魔道の技をつかう人物と戦って斃した。その人物は地中を自由に動きまわる術「地行術」を使い、村人を皆殺しにしたのであった。

「思いだしたよ。あれはほんとに気味の悪い術だったよね」

元気なアルフリードがうそ寒そうに首をすくめた。ダリューンが眉をひそめる。ナルサスは立ちあがり、上衣（うわぎ）を手にした。

「地行術を会得（えとく）した者が他にもいれば、地中から柩を破ることができる。柩を地上に掘り出す必要はない。王墓管理官（ニザル・ハラーフル）は柩が地下に埋まったままだから、それ以上は調べなかったのだ」

あわただしくナルサスは若い国王（シャーオ）の御前に参上した。せいぜいおだやかな口調と表現を用いたものの、求める内容は王墓を掘りかえすことである。アルスラーンがおどろき、即答しかねたのも当然であった。だが、ためらいはしても、ナルサスに対する信頼がまさる。アルスラーンは自らペンをとって、王墓管理官フィルダスあての書状を記した。ただちにナルサス、ダリューン、アルフリードは王墓へと馬を走らせた。

王墓を掘りかえすと告げられて、フィルダスは動転したが、勅命である。ただちに五十名の兵士を動員し、神官に死者の霊をなぐさめる誦文（ファートム）をとなえさせてから作業をはじめた。

こうして、ダリューン、ナルサス、アルフリード、フィルダス、四名の高官が立ちあって、アンドラゴラス王の墓が掘りかえされたのである。

「祟りがあれば、おれが引き受ける。恐れるな」

と、ダリューンは兵士たちをはげまし、彼自身も道具をとって土を掘った。熱心に、というより、いやな作業は早く終わらせたい、という兵士たちの気持からであろう、意外に早く柩が掘り出された。ひとつ呼吸をととのえると、ナルサスが柩に手をかけ、蓋をあけた。

柩は空であった。そして棺の底には大きな穴があいていた。穴は暗い土中へとつづいていたが、やわらかい土が穴を埋めており、どの方角へどれほど長く伸びているか確認できなかった。王墓管理官フィルダスは半ば気を失い、穴に落っこちそうになってナルサスに抱きとめられた。

「ちっ」とダリューンが強く舌打ちの音をたてた。

「冬の風ゆえと思いたいが、おれとしたことが寒気を感じてならぬ」

わずかに首をすくめる動作をダリューンがしてみせた。雲の流れが速く、光と影があわただしく地上をうつろい、北風が墓地を吹きぬけ、ただならぬ雰囲気であった。元気なアルフリードも、左右にナルサスとダリューンがいてくれるのが、たいそう心強かった。彼女ひとりなら夢中で逃げ出したにちがいない。

「墓の上で騒いだのは、墓の下で何がおこったかを匿すためか。だが最初から騒がねば、何がおこったかは永久にわかるまいに」

ダリューンが不審がると、半ば自嘲するようにナルサスが答えた。

「それは、いつかは知られると思ってのことだろう。さしあたり時間をかせげればよかったのさ。実際おれがうかつだったばかりに、二か月近くも奴らに時間をかせがせてしまったな」

「奴らって、いったい何者？」

アルフリードの問いは当然のものだったが、ナルサスはそれに答えることができなかった。地上のことならナルサスはどんな難問にも答えることができるだろう。天上のことは神官が答えるべきである。だが地下のこととなると、見当もつかぬところがあった。

「いずれにせよ、陛下にご報告申しあげねばならんな」

思考の迷路にはいりこむ危険をさけるようにダリューンがいって、ナルサスとアルフリードをうながした。フィルダス卿に後の処理を頼み、兵士たちには厳しく箝口令をしく。

そして三人はふたたび騎乗し、王都エクバターナへ駆けもどった。途中で「黒い巨大な翼」つまり夜が地上におりてきて、アルフリードは王都の門をくぐるまで、えたいの知れぬ不安をぬぐいさることができなかったのである。

ナルサスたち三人が留守をしている間、アルスラーンは遊んではいられなかった。文官の代表である宰相(フラマータール)ルーシャン、武官の代表である大将軍(エーラーン)キシュワードらとともに、国政の処理にあたっていたのだ。どれほど王者が心をつくし、善政をしいても、やっかいごとは持ちあがる。この日アルスラーンをこまらせたのは、貧しい平民が解放奴隷と激しい争いをした、ということだった。法的な処理は簡単にすんだが、背景について考えさせられたのだ。

一部の貧しい平民にとって、奴隷制度の廃止はこころよいものではなかった。「おれたちより惨めな奴らがいるから安心していたのに、みんな平民になってしまった。おもしろくない」という気分なのである。まちがった考えなのだが、人間の心のもっとも暗い部分に根ざしたことだから、さとしてもなかなか効果がない。「解放奴隷のくせに大きな面をしやがって」と思えば、なぐりつけたくもなるだろう。むろんもう一方の人々が、だまってなぐられていなくてはならない義務はない。

「人の心ほどやっかいなものはないな。それを社会制度が助長(じょちょう)してきた。人の心にまで立ちいるな、と、ナルサスはいうけど……」

アルスラーンの師であるナルサスは、「国王とは民衆に奉仕すべき存在である」と教えたが、民衆を神聖化することもなかった。

「民衆は利益を求めるものです。陛下が彼らに利益を与えつづければ、民衆は陛下を支持するでしょう」

ナルサスの言葉には二面性がある。民衆の利己性に媚(こ)びるだけでは政事はできぬ。人の心に立ちいってはならぬが、彼らの生活を安定させ、教育制度をととのえ、学校をつくり、人身売買や奴隷制度の悪を教えることはできるし、またやらねばならないのだ。かつて教わった文章を、アルスラーンはふと思いだした。

「王者の野心とは舟のようなものだ。歴史の流れにさからえばくつがえり、それに乗っていた人々を水中に投げ出してしまう。権力が強まるほど害は大きくなる」

「野心か……」

アルスラーンの野心とは何であろう。彼は王家の血を引かずして国王となった。諸国の歴史上、梟雄(きょうゆう)と呼ばれるほどの人物が、武勇や権謀のかぎりをつくし、死と憎悪をまきちらして、何十年がかりでようやく達成できる目標だ。それを十五歳でアルスラーンは手にいれてしまった。だからアルスラーンは、他人の終着点から出発して遠い高峰をめざさなくてはならない。

「そうそう、グラーゼのもとから使者が来ております」

キシュワードが告げた。グラーゼは港町ギランの海上商人であった。知勇胆略かねそなえたといって過言ではない男で、話術もたくみである。自分自身や部下が海路で経験し、あるいは見聞したことを、記録にまとめ、またアルスラーンに語って聞かせる。アルスラーンは彼から話を聞くことを楽しみにしていた。

事実上、グラーゼはパルスの海軍司令官であり、海上諜報の責任者である。ギランの港について、諸外国の状勢について、気候や気象の変化について、海賊どもの動静について、あらゆる情報がグラーゼのもとに集まってくる。パルス人は、パルス語が諸外国に通じるものだから、外国の言語をなかなか学ぼうとしない悪癖を持っているが、グラーゼや彼の部下たちはいくつもの外国語を自在にあやつって商売し、情報を集めるのだ。

そのグラーゼが、腹心の部下ルッハームを通じてひとつの報告をもたらした。シンドゥラの珊瑚細工とともに、ルッハームが、グラーゼの報告書を若い国王にさしだしたのだ。それによると、つい先日、ミスル国王からの使者が海路シンドゥラをおとずれ、どうやら同盟を申しこんだらしい。だがシンドゥラ国王ラジェンドラ二世は贈物だけを受けとり、ミスルの使者を追い返したようだ、というのであった。

「ラジェンドラどのからは、とくに何もいってこないが……」

「かの御仁、何やらまた小細工の粘土をこねあげて、欲得という像をつくりあげるつもりのようでござるな」

その声にアルスラーンは顔をほころばせて振りむいた。ダリューンが王宮に帰ってきたのだ。彼につづいてナルサスとアルフリードが入室してくる。

ダリューンたちも報告をたずさえていた。ひとつは王墓に関することである。何者かがアンドラゴラス王の柩をあばき、遺体を運びさった。その報告はアルスラーンに息をのませた。宰相ルーシャンや大将軍キシュワードも、声なく報告に聞きいるばかりである。

報告を聞きおえて、アルスラーンはまず一同にいった。

「王墓管理官のフィルダスに罪はない。彼をとがめぬように」

「さっそく伝えて安心させてやりましょう」

若い国王の思いやりをうれしく感じながらダリューンが答えた。アルスラーンは間をおいてさらに告げた。

「こと魔道がらみのこととなると、われわれには知識がなさすぎる。近いうちにファランギースをまじえて相談しよう。良い策を考えてくれるはずだ。それまでこの一件は伏せておくように」

湖上祭でのできごとについて、アルスラーンは報告を受けている。ファランギースを詰問することはなかった。ひとたび信頼した部下を無用に疑うことは、アルスラーンはけっしてなかった。それがとほうもない美点であり、多少の才気や武勇など問題にならない長所であることを、ダリューンもナルサスもよく知っている。

みごとな髭(ひげ)をなでながら、キシュワードが溜息(ためいき)をついた。

「来年はたいへんな年になるかもしれませぬな」

「何、毎年たいへんさ」

アルスラーンは笑った。

けっして事態をあなどっているわけではないが、王太子時代の体験が、若い国王(シャーオ)に余裕を持たせている。生命の危機に幾度さらされたか、算(かぞ)えるうちにばかばかしくなってやめてしまったほどだ。もともと生命も王位も望外のものと思えば、恐怖や不安より希望のほうが大きい。

「もうひとつの報告。ギーヴたちは無事に国境をこえた由にございます。新年祭にはまにあいませぬが、楽しみにお待ちください」

ナルサスが吉報を告げ、アルスラーンはうれしそうにうなずいたのだった。

Ⅶ

四つの影が薄闇のなかにうずくまっている。王都エクバターナの地下にひろがる、狭い異形の世界であった。細いランプの光がゆらめくのは、通風孔(つうふうこう)の存在をしめしている。その風は瘴気(しょうき)をはらんで地下をめぐり、恐怖と毒とをしたたらせてまわるのだった。

四年前、ここには八つの影がうずくまっていた。その後の一年間に人数が半減した。死んだ四名は、ことごとく、アルスラーンとその部下によって殺害されたのである。解放王の治世にあって、生き残りの者たちは地下にひそみ、憎悪を糧(かて)として、時が到るのを待った。その時はまさに到りつつある。だが、思いもかけぬ亀裂が、四名の間に生(しょう)じたようであった。ひとりが詰問の声を発した。

「グルガーンよ、気がつかなんだのか、あの女神官(カーヒーナ)に」

「あの女、以前は髪(かみ)を短くしていた。それに何分にも、十年以上も昔のことだ」

グルガーンは答えたが、自分を正当化するには力の欠けた声だった。彼の仲間たちは陰気な視線をかわしあった。なかのひとりが、質問とも苦情ともつかぬいいかたをした。

「おぬしの亡き兄者が邪神(じゃしん)ミスラにつかえる神官であったことは存じておったが……」

ミスラはパルス神話に登場する神々のなかでも、もっとも尊敬される神である。契約と信義の神であり、守護神でもある。だが蛇王ザッハークを信仰する魔道士たちにとって、ミスラも、美の女神アシも、その他すべての神々が邪神であった。

苦しげにグルガーンはうなずいた。

「たしかに兄はいつわりの神につかえていた。あまつさえジャムシードやカイ・ホスローのごとき邪教徒どもを尊敬しておった。だがおれはちがう。兄が報いを受けて滅びた後、おれは正しい道に立ちもどり、おぬしらとともに尊師におつかえしたのだ」

「そうであったな。われらはともに正しい道に帰依したのであった」

仲間の声は意味ありげなひびきをふくんでいた。すくなくともグルガーンの耳にはそう聴えた。もともと蒼ざめた顔に冷たい汗の粒をつらねて、グルガーンは、孤独な審問に耐えていた。

「グルガーンよ、おぬしを信用してよいのだな」

あらためて仲間に厳しく問われ、グルガーンは声をかすらせた。

「もしおれが蛇王ザッハークさまや同志たちに背信の行為があったとしたら、生きながら火に焼かれ、脳を蛆に喰われ、骨のかけらにまで呪いをかけられてもかまわぬ。おれを信じてくれ」

「……よかろう」

仲間たちはうなずきあった。彼らとしてもこれ以上、仲間を喪うのは好ましくなかった。もしグルガーンが裏切ったり変心したりすれば、たちどころに蛇王か「尊師」の怒りが下り、彼を苦痛と汚辱のなかにたたきこみ、もっとも残酷な死を与えるはずであった。

グルガーンをふくめて、四人の魔道士は音もなく立ちあがった。これからきわめて重大な行為をせねばならなかった。蛇王ザッハークの再臨に先だって、彼らの「尊師」を冥界から呼びもどさねばならぬのである。

「アンドラゴラスの小せがれめは、三年にわたって世の春を楽しんできた。もう充分であろう。つぎは奴も奴の臣民も、千年の冬に苦しむべき順番だ」

彼らから見れば、アルスラーンはどこまでも「アンドラゴラスの小せがれ」なのである。蛇王ザッハークを追討したのは英雄王カイ・ホスローであり、その子孫こそがパルスの旧王家であった。アルスラーンが旧王家の一員でないとすれば、ザッハークの信徒たちにとって、復讐の対象ではなくなってしまう。魔道士たちのゆがんだ憎悪は、復讐の正当性を必要とした。ゆえにアルスラーンは現在でも「アンドラゴラスの小せがれ」と呼ばれているのである。

魔道士のひとりが別室から何かを押して運んできた。車輪のついた寝台だ。ひとりの男がそれに横たわっている。

それは三年前に行方不明となったトゥラーン国王(カガーン)イルテリシュの身体であった。生と死とのいずれともつかぬ。表情も筋肉も硬(かた)く凍(い)てつき、蜜蠟(みつろう)づくりの人形のようであった。

その姿が寝台に横たわったまま、魔道士たちにかこまれてもうひとつの部屋に運びこまれると扉は閉ざされた。闇と沈黙が残った。

女神官(カーヒーナ)ファランギースは王宮内の自室の露台(バルコニー)にたたずんでいる。手にした水晶の笛をもてあそびつつ、黙然と、夜の奥へ視線をただよわせていた。

パルス暦三二四年十二月末。青銀色(せいぎんしょく)の半月が女神官の優美な姿を照らしつつ、中空からかたむきはじめている。

解説――物語があるかぎり、世界は続く

海野碧（作家）

中学生の頃だったか新聞で、印象的な中近東の砂漠の写真を見た。モノクロ写真だったが、その時脳裏に刻まれた光景は、いつの間にかカラーに変じて今も鮮やかである。白い砂が風紋を描いて横に伸び、空には日没間際の太陽、そして地平線のそこここで燃える真っ赤な炎。石油をくみ上げる油井ポンプが、黒々とした影を砂地に落としている。夕空と砂漠を焦がすような炎は余剰分の天然ガスで、不要のため燃やして処分している、そんなキャプションが付いていた。エネルギー資源の枯渇は遠い未来のこと、と危機感ゼロのよき時代だったのだろう。

行きたい、中近東の砂漠へ行ってみたい、と当時のわたしは強く感動したものだ。しかし、成人して海外へ行けるようになった頃、中近東が名うての紛争地域と知って、そのうちにそのうちにと思うだけでいたずらに年月が経過した。行けないからこそ中近東は夢の国、現実には今も、毎日のように内戦や自爆テロで数多の命が失われている地域だけれど。

「アルスラーン戦記」はそんなわたしを、夢の国へ運んでくれる素敵な物語である。時はイスラム教以前（ということは紀元五世紀か六世紀くらい？）、現在のイラン周辺が舞台の、架空の歴史ロマン。たった十四歳で自立を余儀なくされた少年アルスラーンが、王太子として、一国の運命を背負って苦難の道を歩み始めるのが発端だ。

アルスラーンが生を受けたパルスは、東西を行き来する大陸交易の多大な利益で潤い、豊かな国土と勤勉な住民に恵まれた強国だった。現代イランの優れた映画監督アッバス・キアロスタミの作品「桜桃の味」や「オリーブの林をぬけて」「風が吹くまま」などを見ると、イランには緑したたる土地もけっこう多いようだから、イランに重なるパルスは、砂漠と岩山、そして沃野（よくや）が混在する広大な国なのだろう。

繁栄するパルスを羨んだルシタニア国は、イアルダボート教という一神教の名のもとに、異教徒を抹殺して富を略奪しようと攻撃してくる。作者は十一世紀末に始まった十字軍と、十六世紀に南米を侵略したスペイン軍をイメージして、宗教を盾に暴虐のかぎりをつくすイアルダボート教の神官およびルシタニア軍兵士を描いたそうだが、昨年始めごろから現実に、イラクやシリアに勢力を張りだした過激派組織ＩＳ（イスラミックステート）をも想起させる。宗教のためなら何をしても許される、そう考える不寛容な強硬派は恐ろしい。

緒戦のアトロパテネの会戦でパルスは大敗、国王アンドラゴラス三世は捕われの身に。

アルスラーンはわずかな臣下とともに戦場から逃れ、故国奪還を唯一の望みとして旅立つ。シリーズを読み始めてすぐ、わたしは中国語圏で絶大な人気を持つ金庸の、長編小説『射鵰英雄伝』を思い出した。『射鵰英雄伝』は中国南宋時代を舞台に、戦乱で父を失い、モンゴルで育った十六歳の少年郭靖が、さまざまな困難に出会いながら、中国各地や南シナ海の孤島、ロシア北辺の氷の山まで放浪するというストーリー。何でもありがお約束の武侠小説だから、美少女剣士にカンフーや剣、戟、三つ又矛、くさりがまなど武術の達人や、妖術使い、魔女に実在の人物チンギス・ハンまで、善玉悪玉が入り乱れ、ご都合主義も何のそののはちゃめちゃな作品だが、主人公の郭靖少年が純真で誠実で、どんな目にあってもやさしさを失わない強い心の持ち主、というところが最大の魅力なのだ。

アルスラーンも同様に、苦難の前途を見据えながら、しっかり生きていく健気な少年である。多数の臣下が命を惜しまず彼に仕えるのも、王太子の身分だからではなく、アルスラーンの持って生まれたやさしさと強靭な精神力に魅せられたからだ。生まれてすぐ両親から離れ、王都エクバターナの一隅で、愛情深い乳母夫婦に育てられたおかげでもある。宮殿の中で、大勢の召使いにかしづかれて成長したなら、せっかくの資質もスポイルされて、傲慢で自己中心的な少年になっていたかもしれない。

アルスラーンは非常に聡明である。感情に溺れて突っ走ることなく、他者の意見や提言、忠告に耳を傾けて、熟慮のうえきっぱりと決断する。年齢にしては出来過ぎの感があるが、父王や王妃との冷たい関係が影響したうえ、出生の秘密が絡んで、ますます思慮深くなったに違いない。海の色を思わせる瞳という以外、風貌についての詳細な描写はないけれど、繊細で凜々しい美少年と年甲斐もなく憧れてしまう。

アルスラーンに従う臣下たちもまた素晴らしい。裏地は真紅の黒衣の騎士ダリューン（こどもの頃愛読した、ウォルター・スコットの『アイバンホー』に出てくる黒騎士を連想させる）、『三国志』の諸葛孔明（しょかつこうめい）の生まれ変わりみたいな知将ナルサスを双璧として、ナルサスの従者エラム、さすらいの楽師ギーヴ、隻眼のクバードにキシュワード、ザラーヴァント、イスファーン、トゥースなど一騎当千の強者たち。女性陣代表は、神官ながら女神にふさわしい美貌の戦士ファランギース、おてんばな盗賊族長の娘アルフリード。

アルスラーンに劣らず魅力的な脇役たちだが、どの人物も的確なキャラクター設定がなされているので、彼らの登場場面で、いちいち登場人物リストを参照する必要がない。手練（てだ）れの作者の筆力のゆえだ。

前置きが長くなったが、さて、本書『仮面兵団』について。

前巻『王都奪還』でアルスラーンと部下たちが率いる軍団は、凄絶な戦いを重ねて、とうとう首都エクバターナを手中に収めて勝利した。忠実な臣下たちの献身的な働きに助けられ、アルスラーンは望んでいた奴隷解放などの善政に着手するとともに、荒廃した都を再建し、新たな未来に向かって前進し始める。つまり大河ロマンの第一章が喜ばしい結末を迎えたわけだが、アルスラーンと彼の部下たちに平和な日は長く続かない。十八歳になったアルスラーンを、苛烈な次の戦いが待っていたのだ。

今度の敵は、強欲で残酷な人間だけでない。千年の昔から地下深く潜み、復活を目論(もくろ)んでうごめく邪悪な蛇王ザッハーク。蛇王に従う不気味な魔物たち。おっと、蛇王が登場するのはまだ先のこと。『仮面兵団』ではタイトルどおり仮面をつけた軍団が、アルスラーン打倒に燃えるヒルメスの指揮のもと、パルス侵略を目的に進軍を開始する。背後にいるのは隣国の一つ、チュルクの国王カルハナ。野心満々の残酷な圧政者である。

「アルスラーン戦記」は悪役たちも粒ぞろいで、ルシタニアの王弟ギスカールを始め、戦う相手として不足のないキャラクターばかり。悪役が際立ってこそ、主人公と彼の仲間たちもより輝きを増す。読みながら、こいつ、蹴ったろか、と腹が立つほどのワルが次々と出てくれば、ページをめくるのがもどかしいほどわくわくしてくるのだ。

特にヒルメスは、自分こそが正統なパルス国王と思い込み、アルスラーンの首を取ることを生き甲斐にしている強烈な個性の人。アレクサンドル・デュマの「鉄仮面」を彷彿(ほうふつ)させる銀仮面で顔を隠しているのは、少年時代に負ったやけどで、顔半分に醜い痕が残っているから。この王子が血統主義に凝り固まっているのは、幼少時の愛情不足も一因だろう。せっかく優れた素質を持ち、頭もいいし武術にも秀でているのに、どうにも視野狭窄な困ったちゃんだが、がんばるわりに運から見放されがちなのが気の毒でもある。

アルスラーン以外の多数の登場人物の中で、わたしが一番気に入っているのは、『仮面兵団』の次の巻『旌旗流転』から活躍するシンドゥラ国王のラジェンドラ二世だ。自分では〈いい人〉と思っているが、状況次第で〈悪い人〉にも〈どうでもいい人〉にもなり、時に〈どうにかなって欲しい厄介な人〉にもなる。〈人間的なあまりに人間的な〉ラジェンドラは、もしかして作者にもお気に入りの人物かもしれない。こういったトリックスター的な人物を登場させる作者の手腕には、脱帽するしかない。

かわいい子には旅をさせ、というわけで、わたしの勝手な希望は、いつかパルス王国に平和が戻り、国王が留守にしても大丈夫という時が来たら、見聞を広めるために、アルスラーンに一人旅に出て貰いたいということ。ロバート・E・ハワードの原作は未読だが、若き日のアーノルド・シュワルツェネッガーが主演した映画「コナン・ザ・グレート」の、青年期の大王コナンみたいに。たとえば古王国時代のイングランド（現イギリス南部）で、円卓の騎士ランスロットやギャラハッドたちとドラゴン退治をしたり、六世紀のゲルマンに実在した、二人の女傑フレデゴンドとブリュヌオーの、血で血を洗う陰惨な戦いに巻き込まれるとか。そして激しい恋をして失って、男性として国王として、大きく成長していくアルスラーン外伝を読みたいと思う。

物語があるかぎり、世界は続く。

テリー・ギリアム監督の映画「Dr.パルナサスの鏡」の中で、いたく感銘を受けた台詞だが（映画の記憶違いだとしたらお許しを）、血沸き肉躍るという形容がふさわしい物語文学を読める幸せは人間だけのもの。

作者は「アルスラーン戦記」第一巻『王都炎上』のあとがきで、さまざまな物語の要素をまぜあわせて、おもしろい味のスープができないかと考えていた、と書いているが、「アルスラーン戦記」は作者の意図以上におもしろい味のスープになっていると思う。それも理知の勝った作者の作品らしい、破天荒のスケールなのに品格があって、嚙みしめるほど味の出て来る極上のスープである。

大勢の読者を得た原作は、華麗な絵柄のコミックになり、またテレビアニメの放映も始まったが、映画好きの一人としては、ハリウッドが「アルスラーン戦記」の原作で、「ロード・オブ・ザ・リング」並みの製作費をかけた実写大作を作ってくれたらいいなと思う。

満月が煌々と輝く砂丘を、仮面兵団が雄たけびを上げながら進軍する、対して水を打ったような静けさの中、整然と迎え撃つパルス軍団。すごく絵になる光景だと思うが、どうでしょうか。

2015年5月15日

●一九九一年十二月　角川文庫刊
●二〇〇三年十一月　カッパ・ノベルス刊（第七巻『王都奪還』との合本）

光文社文庫

仮面兵団(かめんへいだん)　アルスラーン戦記(せんき)⑧

著者　田中芳樹(たなかよしき)

2015年6月20日　初版1刷発行
2015年12月30日　5刷発行

発行者　鈴木広和
印刷　豊国印刷
製本　ナショナル製本

発行所　株式会社　光文社
〒112-8011　東京都文京区音羽1-16-6
電話　(03)5395-8149　編集部
8116　書籍販売部
8125　業務部

落丁本・乱丁本は業務部にご連絡くだされば、お取替えいたします。

ISBN978-4-334-76925-3　Printed in Japan

組版　豊国印刷

お願い　光文社文庫をお読みになって、いかがでございましたか。「読後の感想」を編集部あてに、ぜひお送りください。

　このほか光文社文庫では、どんな本をお読みになりましたか。これから、どういう本をご希望ですか。

　どの本も、誤植がないようつとめていますが、もしお気づきの点がございましたら、お教えください。ご職業、ご年齢などもお書きそえいただければ幸いです。当社の規定により本来の目的以外に使用せず、大切に扱わせていただきます。

光文社文庫編集部

寂聴あおぞら説法　切に生きる　瀬戸内寂聴
寂聴あおぞら説法　こころを贈る　瀬戸内寂聴
寂聴あおぞら説法　愛をあなたに　瀬戸内寂聴
寂聴あおぞら説法　日にち薬　瀬戸内寂聴
いのち、生きる　瀬戸内寂聴　日野原重明
幸せは急がないで　青山俊董　瀬戸内寂聴編
中年以後　曽野綾子
言い残された言葉　曽野綾子
海のイカロス　大門剛明
成吉思汗の秘密（新装版）　高木彬光
白昼の死角（新装版）　高木彬光
ゼロの蜜月（新装版）　高木彬光
人形はなぜ殺される（新装版）　高木彬光
邪馬台国の秘密（新装版）　高木彬光
「横浜」をつくった男　高木彬光
神津恭介への挑戦　高木彬光
神津恭介の復活　高木彬光

神津恭介の予言　高木彬光
神津恭介、密室に挑む　高木彬光
神津恭介、犯罪の蔭に女あり　高木彬光
刺青殺人事件（新装版）　高木彬光
呪縛の家（新装版）　高木彬光
検事霧島三郎　高木彬光
社長の器　高杉良
組織に埋れず　高杉良
みちのく迷宮　高橋克彦
紅き虚空の下で　高橋由太
都会のエデン　高橋由太
ウィンディ・ガール　田中啓文
王都炎上　田中芳樹
王子二人　田中芳樹
落日悲歌　田中芳樹
汗血公路　田中芳樹
征馬孤影　田中芳樹

光文社文庫　好評既刊

風塵乱舞　田中芳樹
王都奪還　田中芳樹
仮面兵団　田中芳樹
旌旗流転　田中芳樹
女王陛下のえんま帳　田中芳樹 垣野内成美 らいとすたっふ編
ショートショート・マルシェ　田丸雅智
スノーホワイト　谷村志穂
娘に語る祖国　つかこうへい
ifの迷宮　柄刀一
翼のある依頼人　柄刀一
いつか、一緒にパリに行こう　辻仁成
マダムと奥様　辻仁成
愛をください　辻仁成
人は思い出にのみ嫉妬する　辻仁成
青空のルーレット　辻内智貴
セイジ　辻内智貴
サクラ咲く　辻村深月

盲目の鴉（新装版）　土屋隆夫
悪意銀行 ユーモア篇　都筑道夫
暗殺教程 アクション篇　都筑道夫
三重露出 パロディ篇　都筑道夫
探偵は眠らない ハードボイルド篇　都筑道夫
探偵は眠らない（新装版）　都筑道夫
アンチェルの蝶　遠田潤子
文化としての数学　遠山啓
趣味は人妻　豊田行二
野望課長　豊田行二
野望秘書（新装版）　豊田行二
野望契約（新装版）　豊田行二
野望銀行（新装版）　豊田行二
離婚男子　中場利一
暗闇の殺意　中町信
偽りの殺意　中町信
スタート！　中山七里

光文社文庫　好評既刊

グラデーション　永井するみ
戦国おんな絵巻　永井路子
ベストフレンズ　永嶋恵美
視線　永嶋恵美
ぼくは落ち着きがない　長嶋有
罪と罰の果てに　永瀬隼介
蒸発（新装版）　夏樹静子
Wの悲劇（新装版）　夏樹静子
霧氷（新装版）　夏樹静子
光る崖（新装版）　夏樹静子
独り旅の記憶　夏樹静子
すずらん通りベルサイユ書房　七尾与史
東京すみっこごはん　成田名璃子
冬の狙撃手　鳴海章
雨の暗殺者　鳴海章
死の谷の狙撃手　鳴海章
静寂の暗殺者　鳴海章

夏の狙撃手　鳴海章
路地裏の金魚　鳴海章
公安即応班　鳴海章
彼女の深い眠り　新津きよみ
巻きぞえ　新津きよみ
帰郷　新津きよみ
父娘の絆　新津きよみ
彼女の時効　新津きよみ
智天使の不思議　二階堂黎人
誘拐犯の不思議　二階堂黎人
しずく　西加奈子
北帰行殺人事件　西村京太郎
日本一周「旅号」殺人事件　西村京太郎
東北新幹線殺人事件　西村京太郎
京都感情旅行殺人事件　西村京太郎
都電荒川線殺人事件　西村京太郎
特急「北斗1号」殺人事件　西村京太郎

不滅の名探偵、完全新訳で甦る！

新訳 アーサー・コナン・ドイル

シャーロック・ホームズ全集〈全9巻〉

THE COMPLETE SHERLOCK HOLMES
Sir Arthur Conan Doyle

シャーロック・ホームズの冒険

シャーロック・ホームズの回想

緋色の研究

シャーロック・ホームズの生還

四つの署名

シャーロック・ホームズ最後の挨拶

バスカヴィル家の犬

シャーロック・ホームズの事件簿

恐怖の谷

*

日暮雅通＝訳

光文社文庫